蔷薇 蔷薇 处处开

王蒙 著

花城出版社
中国·广州

图书在版编目（CIP）数据

蔷薇蔷薇处处开 / 王蒙著. -- 广州：花城出版社，2024.7
ISBN 978-7-5749-0242-8

Ⅰ. ①蔷⋯ Ⅱ. ①王⋯ Ⅲ. ①中篇小说－小说集－中国－当代 Ⅳ. ①I247.5

中国国家版本馆CIP数据核字(2024)第092360号

出 版 人：张　懿
责任编辑：杜小烨　李嘉平
技术编辑：凌春梅
责任校对：汤　迪
装帧设计：张贤良
内文插图：马钰涵

书　　名	蔷薇蔷薇处处开 QIANGWEI QIANGWEI CHUCHU KAI
出版发行	花城出版社 （广州市环市东路水荫路11号）
经　　销	全国新华书店
印　　刷	广州市岭美文化科技有限公司 （广州市荔湾区花地大道南海南工商贸易区A幢）
开　　本	880毫米×1230毫米　32开
印　　张	7.75　10插页
字　　数	140,000字
版　　次	2024年7月第1版　2024年7月第1次印刷
定　　价	58.00元

如发现印装质量问题，请直接与印刷厂联系调换。
购书热线：020-37604658　37602954
花城出版社网站：http://www.fcph.com.cn

千年万年盛开过的蔷薇,
早年盛开的蔷薇,
在记忆中再开,在回想中复开,
在文学里新开老开钟情地开。

——王蒙

目录

蔷薇蔷薇处处开   001

那时蔷薇盛开（小说人语）   162

艺术人季老六 A+ 狂想曲   173

百年一梦最狂欢（小说人语）   254

蔷薇蔷薇处处开

引子
2023年5月7日

　　柳绿花红，草长莺飞，是市民们拿着手机相机，拍摄盛开的蔷薇花的时节。或说，今年的北京奥森公园、奥森北园围墙外侧，蔷薇花开的规模似乎赶不上去年同期。可能是由于没有施肥，可能是由于没有剪枝，可能是由于此前的新冠三载，可能是由于有人躺平怠惰。

　　但也有人说，这样的感想是由于性急，过两天，肯定照样是"蔷薇蔷薇处处开，青春青春处处在，挡不住的春风吹进胸怀，蔷薇蔷薇处处来"。

　　果然二十天后，花景证明了后者的乐观说更正确。也证明了网上耳边口头，隔长不短地会出现一些性急、无根据的唱衰词句，不足为奇，不足为意，不必。

　　想当年1982，新年，在广西南宁宾馆，WM第一次听到改革开放后松了绑、WM童年就很熟悉的一首老流行歌曲：那是敌伪时期著名流行歌曲作曲家陈歌辛创作、上海明星龚秋霞原唱的曲子，歌名是《蔷薇蔷薇处处开》。是的，北京奥森公园与奥森北园，外墙爬满了蔷薇，一大片一大片，迤逦环绕了几公里，够得上真正的"处处开"了。WM从8岁唱这首歌，到2008，74岁进行北京奥运会了，才看到这样的春光处处在的鲜活。

1916年出生、2004年辞世的上海崇明岛人龚秋霞，还唱红过《秋水伊人》："望穿秋水，望不见伊人的倩影……往日的温情，只留得眼前的凄清。"流行歌容易上口入耳，流行歌有时也极速成地成为陈词滥调，倒胃口。热的时候越热，衰的时候越是一病不起，无力回天。

改革开放后20世纪80年代，盒带时期、内地爆红的香港歌后邓丽君，越唱越红了"蔷薇"一曲。如今，2023，到了"二手玫瑰"与"摇滚教母"突然大红大紫的现代后现代时光，到了刀郎的《罗刹海市》翻江倒海、转眼寂寥之时，"蔷薇"云云，逐渐或已然被淡出遗忘了。

　　　　人生火火复寥寥，火尽寥清春未凋，唱罢伊人秋水恋，蔷薇忆忆更妖娆。

1981，广西电影厂里有一对编创工作人员夫妇，热情地接待了WM和同行的作家雄雄君。三个月后，听说那对接待了WM的贤伉俪因（男方的缘）故离异。

唉，与电影、与艺术、与流行歌曲太亲近了，近赤近黑、则赤则黑地好悬啊。

文学呢？文学刮起了春风，处处花花草草树树鸟鸟、乓乓乒乒、嘎嘎咕咕，文学会不会也带来业内人士行旅跟跄与掉在坑儿里的幸运与尴尬呢？

2023年5月初，从公园回到家。WM围着桃形湖泊走完4500步，回到N号楼，进入P单元，登上电梯，后面赶过来一位送快递的先生，少见的是，他不是快递小哥，而是一位几近炉火纯青的中年大哥或老哥哥。WM按亮了33层电梯号灯，快递大哥没有理会WM意欲帮他按楼层号的提问，自己按亮了10层，对WM亲和地略略一笑。他的笑容使WM想起了在巴黎与德黑兰逗留的经验，那里的人很注意自己的表情：孔夫子的话，表情应该称作"容色"，可不叫颜值。快递先生的容色，引起了WM的注意，快递先生应该是教授博导VIP高尚级人物。到10层了，层号灯熄灭，出电梯前，先生忽然对WM说："您老是个老干部吧……一看，就像老干部。"

WM不知道说什么好，虽然自以为别人也以为WM机敏于应对、社牛。WM干笑一声。快递哥走了。WM似乎有些不好意思。"老"是无疑的，"干部"是确实的，同时……

蔷薇蔷薇处处开，
青春青春热心怀，
美丽的期待仍然飘红，
一一的经历难忘满怀！

一、童年的朋友
1950·1985年6月

"我是你童年时期的朋友,WM先生,你记得我吗?"

"我……我……这个……"

那是2023的30多年以前,1985:标志年号的阿拉伯数字,变化的速度如风如电。1985,我们出访到的那里,是西欧一个繁华城市,一个灯光之城,一个忙着享受、消费、商务和冷战较劲的一线前沿。所以那里毒品的需求量与各式消费活动,花样翻新、出奇制胜,令人亢奋的空间应该很大,花式很多,同时黑夜似乎比白昼更有耀眼的璀璨。路灯、高层建筑灯火、房灯,尤其是花花绿绿的店铺广告灯,亮得叫人丢魂儿忘时,有学问的人称之为城市灯光污染,本属于月和星的夜晚被灯光残酷地强暴凌迟。还有那么多灯光体现着性感线条与色泽,广告窗里的鲜明活体促销品,夜晚变得饕餮、淋漓、贪婪、尽性,也不无一种健康强壮。当年我们也有过口号：现代其文明，野蛮其体魄。

吞噬了黑夜，加速了心跳，夜生活缔造着欢乐消费，引动了疑惑与慌乱，再一步就是对清流与沉思的反感，也不会没有满足、愉悦、兴奋、麻木、迟钝与疲劳。

眼花缭乱，鼻子的嗅觉更加难得要领。这是汽车拥塞的城市，这是香水、美酒与汽车尾气混沌融合升华、堕落泛滥、饶有趣味的城市；这还是个人人匆忙赶路的城市，少量行人与多量汽车上的人都在竞走。如果不是赶足球比赛，就应该是赶一场演唱。是的，德国统一前，西德歌星尼娜，曾在这里唱《99个气球》：

我们花完所有的钱，买了一袋气球，
在破晓时分，放飞了它们。

中国听众的习惯，听到歌词，首先想搞清放飞的含义。但尼娜歌唱的录音盒带里，只听得见欢呼的激奋声浪。人们需要呐喊欢呼眩晕，胜于歌唱，尤其胜于歌词逻辑。

新鲜与异动，难以入眠，习惯上，这种地方应该有英国军情五处、六处，意大利西西里黑手党教父，吉姆·琼斯的人民圣殿教，也有CIA与KGB、以色列摩萨德……的交易与恶斗。不能不警惕，也不能不勇于面对与善于转身回避。

在这个城市，理论上老相识即自小相识的何哥哥女士她，被雇用作为翻译与全陪向导，接待与协助中国作家访问团。她向WM提出了惊人的一问。

她的住家里气氛其实闲暇从容，有不同的味道与生活气息，WM知道自己的父辈与何哥哥的上一辈人的交往，他来到何哥哥家，有新鲜感，更有变异系数感。

WM和这个外籍且有一半中国血统的女士之间确实有一点缘分。

她的眼睛大，嘴也大，她的嘴角两端向脸后弯曲，令人想起飞禽，有那么点希腊罗马欧罗巴的意思。她的言语与举止有一种力度。她的微笑有点天真，有点像中国农民而不是欧洲淑女。她的声音略显嘶哑。她的头发完全是东方的黑色。她的大眼睛时时正面看着WM，又随时自行一笑。嗯呢，那时候，与艰苦卓绝而又自成一格的新一代中国作家有某种个人或者家族缘分的洋人，已经相当罕见了。

……她邀请WM到她的家与她金发碧眼的儿子一起小坐，吃她所认定的所谓中餐，她找了一位华人女性帮她炒菜。反正你走到地球的哪个犄角都有中国与华人。说着话，她拿起吉他，拨响了几声，用D语哼哼了一句歌曲。WM一下听出来了，它的旋律WM小学时候吹口琴吹过的：曲子应该是德国巴赫作，WM用不到一秒钟就辨别出来它的来历。歌词？应该是中国人配的,弘一法师?林琴南?反正不是人们更熟悉的译配了大量俄苏歌曲歌词的薛范老师。

  老渔翁,驾扁舟,
  过小桥,到平洲。
  一蓑笠,一轻钩。
  ……秋水碧,白云浮。
  斜月淡,柳丝柔。
  快乐悠悠!

  是欧洲的何哥哥通过中国的WM召回了1940年代的中国时光,时间可忆,时间可以回首,几乎近乎不朽。

  WM不自觉地跟随着哼出了声音,何哥哥睁大了眼睛紧紧看着WM,WM有点不好意思。她说:"中文的词儿,比原文更美好,我们小时候是不是一起唱过呢?"

  WM再次一怔。

  WM说:"听父亲说过,你们是1950年离开中国的,那时候我15岁。你应该很小。你会唱歌了吗?你……对我们家,对我这个人能够产生印象和记忆了吗?"

  两秒钟后!WM想起了她的名字,WM叫了一声:"何哥哥!何哥哥!"

她仍然兴致勃勃，不回答WM认定她年纪小、不会记住W某人的疑惑，她说："一个是你的声音从小就非常好听，一个是你的头发长得浓密……不知道这是我的记忆还是听我父母说的。有什么办法呢？"

WM的感觉是她有一点兴奋。WM也不懂她说的"有什么办法"，它可能是需要加问号的疑问句，疑问所在与含意，也可能是她不愿意与老相识如此陌生与遥远。她要说的到底是什么呢？

WM有点不安，WM怕她会过来摸一摸自己的头发。WM想起了1954中国青年艺术剧院，为纪念契诃夫逝世五十周年，上演话剧《万尼亚舅舅》，顾问是苏联专家列斯里，男主角"舅舅"由金山饰演，第二男主角医生由吴雪扮演。路曦扮演的第二女主角索尼娅有一段台词："我不美，我不美……如果一个女孩子长得丑，人们就会安慰她说，她的眼睛或者耳朵长得美……"1954时的W某人已经被契诃夫的剧本阅读搞得神魂颠倒，欲死欲仙。包括路曦，包括导演孙维世，包括列斯里，包括斯坦尼斯拉夫斯基与涅米罗维奇·丹钦科……他都五体投地。

尤其是契诃夫与妻子奥尔迦·契诃娃，令WM很想为屠格涅夫的长篇小说与契诃夫的戏剧大哭一场。

WM那时魔魔障障地下了决心要写作，要写话剧，拼掉小命也要写一出话剧，要请孙维世导演。

后来，50年代的事儿，一切都过去了，过去得比40年代日占区龚秋霞唱的"蔷薇"与"伊人"还快。而20世纪80年代，有些过去了的烟云又见惊鸿一瞥，恍然再现。

然后无意中，不小心中，一切随风逝去。

那么WM不能不说，"哥哥"以不十分地道但又无懈可击的中文说话，也有一种"好听"的感觉。WM还想到了法国马塞尔·普鲁斯特《追忆逝水年华》与德国托马斯·曼的《布登勃洛克一家》，那里边的主要人物，似乎是从出生就有绝佳的观察与记忆能力，而比能力更重要的是记忆与不忘的愿望。直到数十年后，有一位朴实无华令人唏嘘的再无新作问世的同行，指责WM不应该写他3岁时的最初记忆，可怜的过气作家认为五六岁前的儿童，只应该是万事掉色（shǎi），全面遗忘。

可能，19世纪，作家的记忆力比现在好。18世纪的人类记忆应该更好。至于后来，电脑的发展使人脑日益丧失了记忆自信，就是说，不兴过早记忆，人要能忘能记，最佳人生与养生之道。如果好了伤疤一点不忘掉疼痛，你此生能不活活痛死吗？

而WM在《闷与狂》里写了一点最早的3岁前后的童年记忆，受到一位别开生面、热了电视剧与国内外图书市场的作家倾情夸奖,而另一位长期寂寥的小哥则愤然不允许WM记事太早。

也可能,晚年了,快结束一切了,他或者她,老人们可能有机会突然涌出了一切的一切,记忆、印象、旧梦、闻说、讹传,倒也令人感动。

何哥哥笑了,说:"太小?我从前是太小的吗?是两岁吗?两岁的事儿我不可以记住的吗?那就是。我应该什么都忘记了?两岁以前的一切,都等于零吗?会不会是见到两岁以前已经相识的朋友,把忘记了的一切'零',又都想起来了呢?"

她又说:"倒是后来,我在这个废墟国家上学、离婚、失业,中国、欧洲、童年,我什么都忘了。"

她又说:"我是自由的,也是孤独的。我知道我不想做什么、不喜欢做什么,我可以不去做我不想做的任何一切;我的困难是不知道我究竟想做什么,我需要做什么。我已经33岁了,大学毕业以后我主要是靠失业救济金活着。我知道我还什么都没有做,不知道我有可能真正地做什么。

"我每天都会拥有一些等于零的记忆、麻烦、与课题,"何哥哥接着说,"想起零,毕竟不是没有想,不是0在想0,而我的N在想,N+0或者0+N,哪怕N×0或者0×N,都不绝对等于0×0吧?我的童年时代的朋友!"

概括、综合、哲学。她在欧洲,受了笛卡尔还是赫拉克利特的影响?自由与孤独是孪生的一对,思想从0到0、从0到N、从N到0……说得挺好。

……WM按:何哥哥的母亲出身于天津望族,何母上过英国教会办的外语学校,票过京戏与昆曲演出,她参选过校花。而何的父亲是欧洲人,是连续五代著名汉学家的第六代后裔。

在这个陌生的城市,WM与何哥哥一起吃了一次晚饭,逛过一次集市,坐过农业集市上的旋转秋千。那次WM没有吃完自己盘子里的石斑烤鱼,何哥哥竟然把剩下的鱼帮WM吃完了。她坐完秋千面无人色,WM至少可以断定她不会滑冰,也不会跳水,她的耳朵近处的前庭器官功能缺乏训练,她属于晕眩症候人。至于吃WM吃剩下的食品?是出于对于爱护节约食品操守的严守呢,还是出于对于对童年有过交集的WM的亲昵呢?

谢谢,对不起,请归零。包括缘分。WM面对的世界是严峻的。WM不会轻浮、轻率、轻飘。

二、开始提到端端与翩翩
1981·1985

第三天，同行剧作家端端小心翼翼地告诉WM："我觉得何哥哥爱上你了……"

WM说："不可能，我不是翩翩。"翩翩也是与WM同行的写作人，他吃过许多苦，他写了些夸大其词但也像是真实的苦水小说，还联系到马克思《资本论》与列宁的《国家与革命》，一面诉苦一面痛批与资本布尔乔亚常常沉瀣一气的知识分子的劣根性。据说翩翩的小说受到大众欢迎，尤其是，他得到了数百封女性读者的感情丰富的来信。他高个子，长脸，尖下巴颏，目光流动，说话幽默又大胆，潇洒风流，得机会就卖弄"性"心愿，从性饥渴到性爆满。他多血花哨，流露出饕餮的赤裸欲望，同时傻气十足，满心相信周围的男男女女都会心疼自己。他无咎无伤，坦然自怜给力、质朴诚恳如实磊落。都说他有女人缘。他吹嘘，自己的下巴酷似法国男星阿兰·德隆，而自己穿的外衣内裤都是该年国际流行色。他自称新时期以来，压抑了性欲1/4个世纪的他，已经有了30多位女友。"我爱女人"，参加一个文学讨论，或者一个所谓笔会，参加一个统战部或者文联召开的春节团拜会，最多坚持20分钟，他一定要公开声明他对女性的爱欲。比他年长的朋友劝翾翾要文雅一点，不要涉嫌邪念与儿童不宜。翾翾改口说自己渴求的是"红粉知己"，多多益善。

他属于补偿狂，除了女友，他喜欢出差时积攒"打的"等的发票，为了报销，嘿。

有一次他来京，WM请他到"孔乙己"餐厅吃了顿饭，菜里有大闸蟹。他吃完，诚恳地说："WM，这里的饭是不能吃的，没有基围虾，没有清蒸石斑鱼，没有烧乳猪，没有龙虾……下次我要请你吃饭，我要让你知道我们这些改革开放的既得利益者应该吃什么……"

WM笑了，笑得有点无奈。翾翾土鳖，一"改开"，便认定港式餐馆才是世界最先进的。他当然不知道法式、意大利式、墨西哥式、俄式，哪怕是日式韩式餐饮。

翾翾向WM透露过自己的核心秘诀："实话告诉你，我的作品至少一半是受了好莱坞故事片的启发……"

没有发生任何事情，当然。WM不是翾翾。W把他的作品D语译本签名送给了"哥哥"。她给了W一本原文《小王子》,这究竟是不是写那个爱上一朵玫瑰花的来自另外星球的"小王子"?到后来也没有弄清楚。另外一位外国朋友,则送给WM一个盒带,录的是尼娜的《99个气球》。

"将气球放飞"的意愿和歌词,倒也别致,挺痛快。许多年过去了。

WM想起了他写过的两句诗,后来的任职阶段,WM只能更多地把创作的意愿转移到写诗上。

你的声音使我低下头来,
"就这样等待着须发变白……"

其实如今已经90岁了,中式年龄算法是更人生化人性化更儒者爱人地逻辑化的,出生下来不算1岁却算0岁,不对头。90了,WM头发好像仍然太不够白,白白地不白,永不全白。

蔷薇蔷薇处处开,
听歌的人儿头发白。
WM的头发没有全白,
头发的故事白白——白。

三、诗与歌汹涌澎澎湃
1985年6月·12月

一直到如今，WM的心里、脑里、耳里、口里、有意、无意里、白天与黑夜里，都响动着众多与长久的歌与它们的词曲。

WM的体悟：一个活得有滋有味的人，你自己就是一个合唱队、一个交响乐团、一眼诗歌与梦的涌泉，你是一群鸟雀、一涧青蛙与鱼、一组高仿真立体声音响录音，索性你就是一张具有自动录制、补充、更新与播放功能的巨大唱盘、磁盘、音响。生活就是歌，就是交响乐，就是欧普拉洋歌剧，是白天黑夜永不停息的锣鼓、过门、生旦净末丑大戏，生活永远在你耳边演唱与演奏。

我们在打雷，我们在下雨，我们在演出，我们在播种，我们在加油，我们哭了，我们笑了，我们叫了，我们不叫了，歌曲在心里燃烧流淌横扫；我们怒了，我们被怒了，被笑了，被记住与忘记了；伟大的洗礼，大好的河山，边疆、人民、农村、田野、草原、艳阳下麦收、旗帜飘扬，欢呼嘹亮，前景辉煌却又新奇震荡。

我们摸着石头过河，我们边施工边设计，不设计照样打胜仗哟，打更胜更大的仗。我们永远吹响前进的冲锋号，即使在敌人的刑场上我们仍然坚毅如钢。我们变换着各种姿势、战法、器具、号子、深呼吸，向幸福的彼岸游去，游得天蓝蓝、云白白，浪阔阔、水深深，岸远远、风习习，惠此中国，以绥四方，民亦劳止，讫可永远、小康、健康、富康、安康、福康。福寿康宁，花开八面。

我们唱，或者是你们唱，他们唱，她们唱《小河淌水》：《牧羊调》，即《月亮出来亮汪汪》，类别属于"渡山歌"：

"……月亮出来照半坡，望见月亮想起哥。一阵清风吹上坡，吹上坡。哥啊哥啊哥啊，你可听见，阿妹叫阿哥？"（WM哭了。）

"一队队绵羊，并排排走，谁和我相好，手拉手！"（WM融化了。）

《陕北牧歌》，也一样开阔。

八面来风，四季欢喜，芬芳在在，思虑端端，天高航域阔，浪起白鱼多。豁然有新意，同心更快活。

后来是：

……美丽蓝色多瑙河旁，香甜的鲜花吐芳，抚慰我心中的阴影与创伤。

不毛的灌木丛中，花儿依然开放，夜莺歌喉婉转，多瑙河旁，美丽蓝色多瑙河旁。

怎么回事？经过你的邀请，约翰·斯特劳斯也来了，全世界都在邀请中国作家，首先是德国，其次是苏联、日本、法国、英国、西班牙与美利坚合众国。这次他们出来离华尔兹圆舞曲圣地奥地利很近，维也纳，正是大家出访的下一个目的地。约·施特劳斯创作的、本来名为《美丽蓝色多瑙河舞曲》的曲调，比原来的合唱曲词，诗人哥涅尔特的诗作，更加阳光灿烂、和风爽爽、水声潺潺、碧波荡荡、白云悠悠，如仙如醉如梦，多瑙多姿多感。我们会生活在这样的圆舞曲里。我们天天跳舞，生活之舞，事业之舞，交流之舞，快乐之舞，中国与奥地利、艺术与交响乐队之舞，社会主义与中国特色、改革开放与稳定和平的中华之舞，《娱乐升平》《步步高》《旱天雷》《彩云追月》《小拜年》《花好月圆》。每年新年下午,央视热烈地转播维也纳金色大厅演出的新年音乐会,应该不是偶然的。

是的,在西欧一个重要的大城市访问之后,中国作家团到了多瑙河加特劳恩河畔的维也纳与林茨。

纯洁多情、感觉良好,因为一首爱情长诗而响天动地、名扬五洲的中年女作家鸣鸣应该地该城市主人邀请,用被塞到手里的指挥棒指挥了林茨餐馆乐队,演奏《美丽蓝色多瑙河》。中国的作家诗人与大、中学生,永远为多瑙河而向往。其中有欧洲跨国名河的魅力,也有仓颉造汉字时的赋能:特别是"瑙"字,似乎包含了恼人的恼与高尚的玛瑙,它注定了美丽无双。

在《小河淌水》《一队队绵羊并排排走》《蓝色多瑙河》《老渔翁》……歌曲中,WM想起的是中国新疆,6年前即1979的冬天,与妻买到了煤油,那时那里的煤油灯唤起幽情;WM与妻存贮了一窖白菜萝卜,WM与妻卸下了一大马车煤块,WM与妻弹好了棉花,在新疆伊犁地区迎来了又一个寒冷中温暖实在的冬天。他在边疆生活了16年。生活,你本来有多么踏实的美好,你又追求了多少美丽的梦幻。

在新疆时候,那时那里是天山枞树圆舞曲、高山湖泊圆舞曲、马车铃铛迪斯科、严寒即来苏幕遮冰舞曲、自有办法童舞曲……

此时在电脑键盘上敲击着的是1985年的出访，离开边疆刚刚6年、离开唱"蔷薇"的"处处开"时光39年。那么小说稿写到这些记忆的2023年呢，是那次即此次欧洲行以后的第38年。

人生，是多么有趣啊。你是个小孩子，你是个大男人，你古稀耄耋鲐背；大人与小孩都是你，悖兴与中彩都是你。一样、两样、多样，你有很自己的样儿，什么样儿都是同一个你。小时候你是个病歪歪，于是你锻炼出胸大肌、肱三头肌、背阔肌、三角肌、肱二头肌、腹直肌，还有腹外斜肌、腹内斜肌、腹横肌……你可以低声下气，你也曾势如破竹；你曾经凭高望远，你不妨鼠目低眉、委曲求全，调整、巩固、充实、提高、信心、耐心、心静自然凉。你略为趾高气扬，你终于柔可绕指。你经历一切，你热爱生活，包括幸福与艰难悲怆。没有经历过艰难与悲怆的幸福，是肤浅与贫乏的。你能够消化与克服负面的挑战，你永远展望未来，相信未来，期盼未来又随便未来，汉语"随缘"，绝了！

蔷薇蔷薇处处开，
明亮的舞蹈跳起来！
不怎么会跳又要什么紧，
伸腿一蹬，咱就蓬猜猜！

四、风华如露润蔷薇
1943·1970·1985·2023

似乎仍然不过是昨日。十好几位、有头有脸的写作人，组成作家团出访，就不说什么"代表团"了吧，谁又能真正代表谁呢？WM是团长。WM想起苏维埃社会主义共和国联盟时期、莫斯科市作家协会主席——诗人米哈尔科夫的笑谈：带一批作家出游，并不比带一个动物园野生动物上路轻松。

米哈尔科夫是苏维埃社会主义共和国联盟国歌的歌词作者，最初，苏联国歌是《国际歌》。1943，斯大林决定另作鼓舞人心的新"国歌"，它唱道：

>俄罗斯联合各自由盟员共和国，
>结成永远不可摧毁的联盟……
>呵，我们自由的祖国，
>啊，它的光荣永远无边无疆，

各民族的团结友爱坚强！啊！

丈夫有泪不轻弹，只因未到伤心处！语出河北梆子《林冲夜奔》，天才演员裴艳玲主角。

20世纪80年代米哈尔科夫还给WM讲了富有俄罗斯风味的笑话。一只猫抓到一只老鼠，老鼠居然从堂堂的猫爪下逃脱，遁入鼠洞。经验丰富的老猫蒙受此奇耻大辱，栽了。它喵喵地叫，越叫得欢，老鼠越是小心翼翼，瑟瑟于黑洞中，不越雷池一步。

两分钟以后，猫儿突然，获得灵感，形势说明：越喵喵老鼠越是深居不出，以避风险，想捉老鼠，必须兵不厌诈，另谋音响效果。猫儿立即变喵喵为汪汪，变猫闹为狗吠（WM按：看来俄苏也有中华与华夏"狗拿耗子，多管闲事"一类的共识）。果然，老鼠判定猫离狗至，风险已过，大摇大摆地出洞，被猫儿一爪子按住，再无脱逃可能。

"老鼠抗议猫儿手段的卑劣与对动物公约的违反……这时猫儿向老鼠宣告：'看来你不知道，老大哥我是外语学院毕业的喽。'"

1985，中苏关系也在解冻。一切的一切都出现了转机，勇敢的转机，快乐的转机，山重水复疑无路，柳暗花明又一程。

这个作家访问团中除了悲哀与豁出去了的、渴望突破一切世俗禁忌、要获得爱情无限风光的女诗人鸣鸣以外，还有温柔敦厚的剧作家端端。端端的脸上有着永远的微笑，永远的含而不露，永远的沉默与距离；永远是你问你的，他说与不说则是他的"无可奉告"，直到你完全忘记：你究竟想问他什么，或者问到什么为止。他是永远的莎士比亚、易卜生、奥斯特洛夫斯基、关汉卿和曹禺的后来人。

不知道为什么，地下党时期，左翼学生除了唱俄罗斯工人流行歌曲"兄弟们向太阳向自由，向着那光明的路"与"在我们英勇的斗争中，你为自由而抛弃头颅"以外，还喜欢唱：

顿河的哥萨克饮马在河流上，
有个少年痴痴地站立在门旁，
因为他想着怎样去杀死他的妻子，
所以他站在门边，暗自思量。

这是奥斯特洛夫斯基《大雷雨》里的歌词。

俄罗斯，俄罗斯，俄罗斯！

端端是如诗如梦如歌如诉的自成一体的自己。端端写的剧本不少，上演了的暂时只有两部，两部都很晦涩。奇特的是他的剧本，阅读起来远远比看从舞台上"立起来"的演出，更吸引人。名如其人，他的名字叫温良毹，笔名端端，但是他说他不喜欢"正正"。他告诉WM说，更早期自己名叫温良俭，他想突破一下，把俭朴的俭改成了小女孩爱踢的毽儿。

"那你就叫温良毽儿吧。不喜正正，何必端端？"

端端笑容一闪，表情不无忧戚。

还有，就是屡屡传来法国、丹麦、西班牙和希腊即将上演端端话剧的消息，甚至还有他的话剧剧本《三件套》，或谓已经把改编权卖给美国百老汇，将由百老汇将之改成音乐剧，麦当娜主演。或一人并说，喜欢边唱边脱衣的麦当娜到华盛顿DC（特区）访问中华人民共和国驻美大使馆，请求到北京天安门广场演出，时间可以选择交通量少的凌晨1:30至3:55，并保证穿衣脱衣不违背中国的风习规矩习惯。

端端绝不合群，绝不向他人诉说任何自己生活与写作上的事，也绝对不回答他的戏与百老汇的机缘。他有一种谦逊退让的保密局风格，还有一种时时在做高等数学题的沉思神色。我问他一些事的时候，他回应的是波斯神职人员与大不列颠爵士式的无瑕疵的微笑的静谧；文质彬彬，君子雅士。

共同出访17年以后，2002年，一位年轻的朋友在使馆区一个高尚的餐厅里请暂时在京逗留的端端吃饭，WM被邀作陪，WM带了一瓶数十年窖龄的茅台到饭桌上，端端一再请教带酒来赴宴的用意和礼俗背景，好像难于理解。他好清奇，他好雅洁，他好陌生！

五、背诵列宁语录原文的雄奇狮虎

无独有偶,另一位伟大的好汉型作家叫雄雄,前面已经提到,WM曾与他一起去边远的广西南宁电影制片厂,一对恩爱夫妻接待完了他们不久就离婚;这只是巧合吧,幸勿多思。完全与端端不同,雄雄锋芒毕露,雄狮般的男中音歌唱家嗓音与救世豪杰气概。一米九个头,扬头斜颈收颔,深思皱眉,挥手滔滔不绝的演说家与忧国忧民的政治家、思想家与歌唱家姿态完美结合。说到尖锐或者深邃的字眼,他的嘴唇会做出类似品尝美食的嘬吮舐吸与咀嚼动作,他可能觉得自己的话语有佛跳墙的滋味与滋养。他对自己的嘴的珍爱满足与口腔的严厉决绝运作,令中学小女生听课群,痴迷尖叫晕眩。

他还是大眼睛、厚嘴唇、高鼻梁。雄雄最喜欢用的词儿是"愚蠢"与"可悲"。讲愚蠢与可悲二词的时候重音极其突出地放到"蠢"字与"悲"字上,于是愚蠢更蠢,可悲尤悲。在他的心目中。生活滋生着层层叠叠的愚蠢、形形色色的可悲、蓬蓬勃勃的怒火、悲悲切切的痛心疾首。他懂俄语，他说自己可能有1/32俄罗斯血统。

在我国的报刊还没有报道介绍进口引入以前，1955年，他已经大谈起苏联"特写"作家新星奥维奇金，讲到了他的"干预生活、揭露阴暗面"名著：《区里的日常生活》《在前方》《在同一区里》。雄雄决心效法奥维奇金，写下痛斥愚蠢与可悲的官吏的中国特写。但是在中国不兴叫"特写"，而叫什么"报告文学"。另一位报告文学青年名家帅哥曾经说，有的报告文学根据你搜集的材料，可以把你的传主写成白痴，同样的传主，也完全可以写成圣贤，可爱或者可疑，可泣或者可厌。

那么，1985年与雄雄等共同出访的38年以后，亦即距雄雄宣扬奥维奇金达69年之久，亦即2023年的时候，WM仍然难忘，结束二战后，苏联第二次作家代表大会上，顶尖大师肖洛霍夫发言大骂苏联作协特别是多次获得各种奖项的作协领导人之一康斯坦丁·米哈依洛维奇·西蒙诺夫，说西蒙诺夫动辄满胸佩戴着勋章招摇过市，与其说是作家，不如说他看起来更像一位屡获金腰带的拳击明星。配合肖氏激烈论调的作家"代表"，只有奥维奇金。奥维奇金因而也受到了从苏联老作家革拉特考夫到作协主席法捷耶夫的责难与嘲笑。老作家警告奥维奇金，不要活跃得使自己的形象颠倒过去。

雄狮斥愚，最初倒也不妨，但是，让WM不能习惯的是他讲话的朗诵风格。WM甚至觉得他不太会说口语。一个人，为什么会拿腔作调，甚至还摆出上海早年演出"文明戏"的身段调门来给中学生做讲演呢？为什么朗诵诗一定要学某位朗诵家先生的大呼小叫呢？当然，WM的看法无所谓，雄雄的演讲在中学女生中被欢迎得一塌糊涂。虽然没有谁在意他讲了什么，女中学生在意的是他的风姿仪表气度与嘴角。更令人想不到的是……本文暂且不说也罢。

六、翩翩复翩翩

然后需要说的是前面已经提到了的翩翩。从压抑到猖狂、再到自嘲、再到享受奚落与笑骂,叫作笑骂由他笑骂,消受我自享之。21世纪后,他转向于经营创业,自称他的文学创作成果将从平面化的铅字,转向立体公司企业房地产楼盘。他的创业维艰也是大家笑谈的一个好话题:有人说他印了一个名片,上面是翩翩担任着三家公司的董事长,等名片印好,其中两家公司已经宣布倒闭或被倒闭。另一位同行说,翩翩在北京开会的时候,舍不得自费打长途电话,跑到朋友家打了需要缴纳上千元话费的长途。这些说法很可能有添油加醋处,翩翩闻而不惊、不怒、不承认、不否认、笑意盎然,原来翩翩、继续翩翩、永远翩翩。他被判过刑,他被教养劳动改造,他宠辱无惊,金刚不坏,到哪儿说哪儿,万事一笑了之。

大家嘲笑翩翩的还有他的一个事迹:他去法国访问了一

个月，回国后大讲在法国商业电视上看到的几名应召女郎接受采访的谈话节目，不知道给翩翩法语翻译成中文的人是谁，反正翩翩不懂一句法语包括 Bon voyage，也说不来整一句英语。翩翩说，那位女郎喜欢德国主顾，说干就干，说走就走，讲究效率，节约时间。她们讨厌英国人，英国人买春的时候会大量废话，装腔作势，东拉西扯。说起中国人来，女郎们叹息：中国人看客太多，顾客太少。

更愣头青、可笑和丢人的是翩翩回国时经停香港两天，他居然接待记者集体采访，在被访过程中不谈国事，只谈应召，被香港媒体称为流氓作家，糟践了个不亦乐乎。

同时翩翩在此后的写作中，声称自己母亲具有贵族血统与风度。同样声称母亲乃是贵族的还有呜呜。WM有些困惑，WM感动于他们在上世纪后20余年社会思潮的布朗运动中，守护着对于老娘的尊敬与抬爱，怀念着贵族一词或具有的文雅尊严与高蹈，转眼忘记了在马恩毛阶级斗争理论中贵族的可憎可恶罪该万死。同时WM也怀疑，他们心目中的贵族，究竟是巴尔扎克笔下的腐化的资产阶级拉斯蒂涅，俄国托尔斯泰笔下的背负沉重的十字架的聂赫留道夫，还是中国人描写的百无一用的西太后族裔那爷老五？那五属于出门前用猪肉皮擦擦嘴，以表示未曾断粮的中国贵族，刚刚吃过过油肉的那种与众不同的贵族。

着实可贵的事迹是,在一次用饭中,翩翩竟大胆与鸣鸣调笑——"吃豆腐":说什么"咱们俩也不妨风流缱绻,太虚荒唐,别有风味一番"。鸣鸣立即不假思索,在一微秒内举起一杯冰镇可口可乐,精准倒入翩翩上衣后脖领子中。一时满桌风云变色,黔驴技穷,谁都不知道该怎么反应才好。想不到的是桌上传出的是翩翩的笑声。什么样的气度!什么样的西欧式女士优先!什么样的骄傲与自信!这才是真正的翩翩啊,这次他的表现不土也不俗。他完全没有因之报警,兹后他再有什么"罪恶",你一时也不好说什么了。

他学不会一句外语,他从不接纳一个小节的交响乐,他的文化接受程度只到达好莱坞一级(中文译配),但是在对女人的"潘小闲"上(语出《水浒传》中"王婆贪贿说风情"一节),他确实够着欧罗巴的法兰西了。想想好莱坞的影片,杀女人的有的是,可哪有挨了女人的嘴巴还手、挨了女人的饮料报警的呢?

七、月、星、老革命、全才全能

我们的作家出访团里有一位身兼作家与表演艺术家的不凡女性，名叫月如星。一上飞机，她就被国航乘务人员、更美好的说法是"空中小姐"，更规范的说法是乘务员，特请到头等舱去了。她的写作与她的人一样，堪称漂亮，好漂亮，真的漂漂亮亮。漂亮而且大气。那个年代，身兼漂亮与大气的月和星相当少见，常见的是小家碧玉的美丽与大气的自傲加生硬粗粝和势利眼。而1985的岁月，那是一个快乐的年代，那是一个布朗的年代，那是一个一时找不太准自我感觉与自我规范的年代，那是一个不但摸着石头过河，而且摸着巨鼋蹈海、摸着星星飞天、摸上月亮下口咬啮也不太硌牙的年代。青年作家们的说法是："江山代有才人出，各领风骚三五天。"

月如星或者星如月的她，特点首先在于喜欢也擅长支使人。头一回，在那时中国作协常常选择做临时开会地点的新侨饭店与WM见面11分钟以后，她说："请你给我倒一杯茶拿过来，谢谢。"WM乖乖地拿过水来，在回味时并不特别情愿。WM检讨自己的窝囊与表里不一，实不想接受支使，却立即接受支使，这是为了什么呢？月如星她的笑容比波斯式与不列颠式的不笑无表情更迷人醉人。那是挡不住春风的蔷薇，动情式的一粲。

顺便回溯一下，那时，中国作协同中国文联，在1976年唐山地震后在《红旗》杂志社、后来又挤进了文化部的大楼前，临时修起的地震棚里办公，开会要租酒店。原来的文联大楼，发给了商务印书馆，文联与各协会动乱后期"斗批散"了，文化部也"斗批散"了，后来回来的。其他单位是"斗批改"。"斗批改"在新疆伊犁地区农村的兄弟民族农民中，被称为"多普卡"。WM曾经以为："多普卡"是中国俄罗斯族引进的一个俄语发音。人的一生，会阅历大大小小的多少奇异，积累多少罕见的传奇性、趣味性经验啊。

团里两位老革命作家，彼时都已经多年担任地方上宣传与文化方面的领导职务。30多年前，其中一位作家写过抗日反蒋的小说和电影剧本，他始终坚持用毛笔写稿子，每写完一部作品都拿到荣宝斋装订，加上讲究的封面封底，令人起敬。他笔名叫郝好。另一位长者写了不少抗日救亡儿童歌曲歌词，他执笔的作品有的改编成了畅销的连环画。他的笔名叫劳军。他们二位沉着、谦虚、自律、注意举止细节，注意不用茶匙喝咖啡与要用汤匙喝西餐汤的操作，用力控制在国外喝汤吃菜时咀嚼吞咽不发出太响的噪音。他们对于文坛的"伤痕文学"啦、中青年作家啦、白桦的《苦恋》与批评《苦恋》的黄钢主编的《时代的报告》杂志啦，不着一词。当作家们谈论旅馆房间里放映的成人电视毛片的时候，他们也不发一声。这类话题上开放的是女界，爱情诗人呜呜说："看那个？还不如洗完澡照镜子！"表演艺术家月如星说："不值一提。日本有公开卖票的性表演。看的人恭恭敬敬，哈依，哈依！"这时翩翩也听得瞠目结舌，垂涎欲滴。

他们二位沉着、谦虚、自律时谈起西方社会的性商品与性展示立马亢奋的同行是尊尊，带口音的全能作家，他写过快板、歌词、故事、小说、散文、报告文学、对口词、报幕词和一些评论批评文稿。动乱初始也写过抽象而绝对不具体的"大批判"文章。听说1966—1976那动荡的十年中，他仍然注意绝对不踩及伤人、伤己、触怒、碰撞的红线。据说尊尊的一绝是既能写也善写检讨书，他私下对WM说过，病危后他准备把自己写过的检讨文稿付梓。他向人介绍过他的"适当检讨"主义，说这并不是应付，而是人生观带来的方法论。遇到比较意外与复杂的情况，非要你表态不可，你不好说话又不能不说话，你就先检讨自己必有的、绝对不可能没有的缺失：头脑不够清晰，认识不够分明，言行不符合要求，需要学习,需要提高,需要从头做起,需要很多需要。开始,你还不知道从哪儿检讨起,只要检讨下去,自然而然,知其始也,不知其止,而到了关键节点,不知其止也必须戛然而止。一是你的检讨必须继续深入下去,二是而且必须检讨得适可而止。检讨不止,等于政治自杀。WM不知为什么想建议尊尊将笔名改为"命命",相信这个名称有更大的吸引力与易知性易忆性,归根到底,改笔名,使尊尊名下作品的成活率、可读性、可悦性、安全性与或畅销性、至少是不滞销性,都有添益改善的可能。

八、众神黄昏
2023年3月·三说翩翩

翩翩是一个长不大的孩子，自以为是一个高智商小境界的俚语中的纯爷们儿，是个绝对不掩饰自己、不装样子、不端架子，却又热衷于摆谱儿与出小小滥俗风头的天真诚实的哥们儿。他不拒绝大境界，但更不拒绝小境界的声色级别实惠。境外有华人朋友劝告他不要与某些涉嫌低俗的男女特别是女子来往过于亲密，他一面点头称是，一面诚恳地告诉人家："我就是一个大俗人嘛！"他的诚实使尊敬他劝告他的许多的人五人六（somebody）尴尬无计、缴械投降。

他是1957年不满21岁时落马打入另册的，他自己说是读完《资本论》以后，发表了一些经济学观点，当了吸引嗖嗖嘎咕鸣叫着的子弹的靶子。读经典，读进了另类？是否真是如此，还是趁机美化自己，待核。反正，几十年的交往，没有谁听到过他引用过一句半句《资本论》。

这话又说错了，日常生活中尤其是同行们的闲扯机锋之中，他几乎是唯弗洛伊德主义，但在许多年写作的文学作品中，他确实露过两手，能引经据典谈马恩列，来几句硬邦邦的条条。

1966年夏他越闹越大。劳教期间，碰到60年代乱局，给受到劳动教养待遇的人士放假回家，结果走在路上看到异地那会儿时兴的大字报，翩翩君为"大民主"所激动，在某火车终点站发表演说，并当场成立了造反团，翩翩当选团长。然后在"只准左派造反，不准右派翻天"的口号宣示中，翩翩升级被劳改。劳改的经验，他只说过"千万别入住大号子（即大间众犯人监狱）"一条。再有他在小说里写足了男犯人的压抑憋闷，几近疯狂爆炸。

1978年12月18日至22日，中共十一届三中全会召开，中国人民经历了第二次解放。翩翩从此是"好运当头皆事顺，新春及地遍花香"，他再次写了经济学论文，无人理睬。乃随便写了篇小说，又是好评、又是得奖（奖金300元）、又是改编电影。"水晶帘动微风起，满架蔷薇一院香。"他的"香"乘风直上，扩张发扬，眼见翩翩日益火热，自封自乐地把"既得利益"四字挂在嘴上。

又恰恰时兴起"信息"一词，马上传出了翩翩扬言主办提供信息的报纸。他要办报？他办的报上有信息？这里，全国上千种报纸，上万种刊物，都不提供信息，需要翩翩老小子提供信息？WM立即觉得他的智力可疑。

后来，他的办报宣示，无疾而终。再无人说起此事，其兴也勃，其亡也忽。

翩翩名言：一个人必须有成功有失败，有幸运有背运，受苦的男人，才能获得尊严、骄傲、美丽、性感、最最出色的异性的喜爱，另加崇拜，直到怜悯和陶醉。

小说不断、绯闻灿烂、政协委员有他的大名，省文联主席有他的名签，他自称已经是"部局级"领导干部。旅游点、电影城、酒馆餐馆有他的字号。1983年初寒冬中，WM到翩翩处做客，翩翩调来一部老式大红旗迎接，上了车，红旗发动不了，呜呜呜响了一回号角胡笳，"夜或晨，在塞上忽听笳声入耳痛心酸"（语出《苏武牧羊》），只好再调整来一辆京上广已经基本淘汰掉了的苏式伏尔加车子，拉走了WM。然后翩翩吹乎，伏尔加开动后15秒，大红旗威风开动。有什么办法呢？WM没有坐红旗轿车的命。

他还时常举行舞会欢迎北京来客，WM敬谢不敏。翩翩诉苦，为了欢迎比他小二十岁的另一位清流冷面小生作家ZZZ，他拼命配置安排了晚饭和舞会，硬是被ZZZ冷面、连连场场拒绝，好饭不上桌，舞蹈不下池，老弟翩翩就是这样地受辱受气。说此事时，他满面通红转铁青，眼睛发红并沁出泪水,他说他的受辱感超过了被劳教劳改年代。

十年后,既得利益人的利益全面开花,翩翩自称:他吃的鸡蛋带着母鸡屁股的温暖,他吃的蔬菜带着泥土湿润与芳香,所在地飞机场悬挂着"翩翩欢迎你的到访"横幅,火车站里也有他的巨型照片。他还介绍说,在开会住饭店期间,女粉丝告别走近房门的时候,他的经验是适时提出:"让我们留下一个纯洁的吻吧",他拥抱接吻的成功率95%。

至于进一步的成功率,"我不说"。

……2003年,传来翩翩患病的消息。WM给他电话,他强调:"WM,你要注意:我的肺癌与吸烟没有任何关系。"WM叹息,听着不太妙。只能解释为,翩翩必须转移他人与自己对自己病情的注意力,他实际是巧妙地将对病情与预后的关心,转化成对病因的查无实据的抽象论争,想不到他还有这么一手。WM为之泪下。可惜的是翩翩所在地区,在翩翩满六十岁了才上报将翩翩提拔为自治区政协副主席的报告,好事多磨,没有办成。

人一辈子都要学习,要学习好好地活下去,还要到了时候学好踏踏实实地走人。据说他在一个场合诉说了这样的心得。这个场合带有翩翩与朋友告别的性质。翩翩告别友人的时候没有邀请WM,在WM身边,也许翩翩有压力,也许翩翩有不忿儿,一笑。

WM要求自己换位思考，如果是自己病了呢，如果他与友人告别，他的心情会如何？他能找翩翩吗？这带有某种盖棺论定的性质。他有些不安。许多年了，历史教训让WM不敢骄傲也不想骄傲，但他又确实不能降格以求。

与吸烟无关，好的。与什么有关呢？与翩翩长逝永别以后，梦中有一回，WM听到翩翩的自语："WM，我也值了。"

WM想起一位对翩翩相当爱护的不太小的土领导同志，患病住院，翩翩去看望，领导说本来早就要提拔他给他加某某头衔，因为他的某些绯闻，此事拖下来了，最后没有做成，领导替他遗憾。他忽然小心翼翼地关上病房的门，面授机宜地向领导大讲保持活力、结交红粉知己的重要性。他自称领导听了他的谬论只剩下了哏儿哏儿格儿格儿地笑，看来他的偏于庸俗低下的性情观与生命观获得了认同，取得了优势。

2013年，WM得到报告，说是翩翩已过世，WM赶快发了唁电过去，立即被打回来了，说是并无丧情。WM再看助手的手机，手机显示，该助手的朋友发完翩翩过世消息之后，一连发了五次信息过来，声称翩翩离世的报道有误。

深深抱歉后数日得到了翩翩离世的官方通报，WM发去了唁电。翩翩在当地的丧事比预计的规模大十倍，大量各界读者粉条粉丝自发前来送别，有的送了挽联，有的是鲜花，有的是花圈。送葬人数超过预计。说下大天来，翩翩是被一些读者喜爱的，更正确地说，他是被读者欢喜、被一部分女性感兴趣、被另一部分女性怨恨嗤骂，最终又被人们在嘲笑与宽宠当中原谅的一位出色的小说人。

翩翩去世后WM才得知，他在"立体"创作、经营有成以后，贡献了许多社会福利善举，包括：假日免费提供给急病病人的救护车，还有对孤儿、残疾人的援助等。他在被议论被嘲笑被批判被怨怒的同时，被更多的人民喜爱怜惜，这是难以否定的事实。

安息吧，唉，我的翩翩老弟！

九、还有一位不以写作著称的著名作家
1969·2023

过了1天又1天，1周又1周，1月又1月，1年……又43年。

唱了"蔷薇"，唱了"团结就是力量"，唱了"明朗的天"，唱了"走在大路程上"，唱了"大海航行"，唱了"凡是敌人反对的我们就要拥护"，唱了"乡恋"，唱了"春天的故事"，唱了"回首往事"与"此心永恒"，唱了"红歌"，唱了莎拉·布莱曼，也唱了2023年的《矜持》与《泡沫》。

有意思的是活跃一时的另一位写作人，他名叫呼呼呼，他本来不在此次WM当团长的共同外访的团队，但这里需要写写呼呼呼，干脆，就允许作者虚构一下，请君入瓮，请呼呼呼入列上席，此地，作者将呼呼呼也吸收进1985的访欧作家团当中好了，特向读者报备。亲爱的读者，您看出来了，作者有一点点小小不言的年纪了，急于将小说写它个淋漓尽致，天地笑、神鬼哭、风涌水跳、三十六般武艺、五十九种

兵器、七十二种变化，从鬼谷子到诸葛亮，从航空母舰到巡航导弹到小儿飞镖，从但丁的《神曲》到乔伊斯的《尤利西斯》……哈哈，都用它个6够！作者，其实也就是WM，做不到尊荣安享、古井无波，WM老家伙反倒是文心鼎沸、老坛开锅，他想改一改抱朴守冲、清淡平缓、静坐养气的老人旧习，对不住啦，您！

呼呼呼的来历是产业工人，1969年的没有上过初中课程的北京"初中毕业生"，大部分留城市做了工人。呼呼呼须发褐黄，头发卷曲，口若悬河，身上带着《法语入门》。学习了许多年，始终踯躅在法语门口偏外。呼呼呼君，他是著名作家，但是他的作品远不如发言多。他的发言幽默通俗，横冲直撞，有套话、有学人学问涉洋名词、有歇后语、俚语、中外与自编成语，有横空出世的大炮，有忽东忽西的麻雀战术。呼呼呼既有老北京的胡同串子腔，又有新出炉的海归博士后滥用的现代陌生新词语，还有各种主体语体文体带货。他从未认真读过几本书，居然古今中外、学富五车、左抡右扫、信口开河。远在自身具有了越洋出国游学经验以前，呼呼呼他旁征博引，从希腊罗马说到海德格尔到杜威到杜鲁门·卡波特，即使说得关公战秦琼、文不对题，也深受同人欢迎。遇到有时某种类型会议开得人众疲劳犯困打盹，只要大呼呼呼一发言，就能出彩激活听众如放小鞭炮，语声与笑声从而迸发，眼球与鼻翼从而发光。他的发言如三五香烟、哥伦比亚咖啡和美国渔人牌强力薄荷糖，提气提神；甚至有如北京王致和臭豆腐，令你一惧、一惊、一喜、一赞、一个机灵，恨不得望风逃窜避之唯恐不及……接着逗出了好奇心……终于咽得下去了，从而越吃越馋，终于爱上了北京臭豆腐。

呼呼呼发言常提第二国际考茨基的改良主义与伯恩斯坦的"终极目标其实是微不足道的，运动才是一切"的错误靶向论点，而且他绝对不把考茨基的"考"读成第三声如"烤"，而是鲜明地读成第一声如当屁股讲的"尻"。那么伯恩斯坦的名字呢，他要拉长声重读"恩"字，即读成伯恩——斯坦。当然，讲了第二国际的错误，接着要讲第三国际的英明，第三国际的代表是列宁，列宁的列，他也不读第四声的"烈"，而读第一声的"咧"。此种情势下，听者互相挤眉弄眼，有的干脆回忆起老舍《茶馆》里英若诚饰演的小刘麻子的著名台词："人家不说好，说'蒿'——洋味儿多足！"

他的另一个著名风流故事，说是在与一位自由女友甲做爱的时候，呼呼呼声言他下一步还要与另一位女友乙上床。也有人说这是胡说八道，恶意中伤诽谤。但是能得到类似诽谤的人才，恐怕也是凤毛麟角。

有几位有关系统领导讨厌他，多次说过要让呼呼呼回原来的工厂车间干活，但这个呼呼呼回归工人阶级的部署始终没有落实，看来呼呼呼的幽默与热心助人撩风吹火也可能是一个特殊时代的文化生态需要，还可能对他本人有所保护。详情不知，略。

后来呼呼呼他出国逗留很长时间，他的京片子才华深受各地华人器重，同时他注意有所不为，有所不言，有所回避，一直给自己留了后路；政法领导也以他为例，说明他这样的，只参与学术与文艺，并无政治问题记录。后来他干脆宣称他皈依了法兰克福西方马克思主义学派，师从霍克海默、阿多诺、马尔库塞、哈贝马斯。2003年一段时期回来中国，也还热热闹闹，并被尊称为呼或虎爷。又过了十几年，2014年，他觉得无事可干，回国几年，又走了，配偶过世且另娶了美籍华人博士教授。60年的文学生涯，他总算写了一部小说长篇，声明他写小说不是为了写悲欢离合与善恶忠奸故事，而是为了向国人介绍外国人的小说新写法，他做的是文学格式普及与推广启蒙工作。他还玩过新左翼，惊人地批判现代性与全球化。

呼呼呼敢吹，敢蒙，敢哄闹，敢咋呼，敢现趸现卖，在一个会上听到一个新名词，半小时后就会到另一个场合大讲特讲，他的讲新词如在西餐馆点牛排，越是敢点半生不熟、如只熟四成的牛排，越会显出自己的洋派新派后现代派，长时间以来，他能坚持做一个维持时时出新、处处拉扯的小字辈，让人快活。你一年没见到他了，一见面，他第一句话是"现代化？你们知道不？真正现代化的地方，大知识分子，都在那儿批判现代化"！第二句话，"现在的欧洲北美洲，大知识分子宣扬的是中国的'两参一改三结合'"！然后他大讲中国"鞍钢宪法"与苏联一长制"马钢宪法"在西欧北美的研究。很少有人包括精通三四种外语的海归人物能接上他的话茬，很多活跃分子听到了呼呼呼的高论才感觉到了自己很可能是小知识分子，不但是阶级小的小资产阶级分子，而且是气魄小、见识小的小知识分子。当然更多的人认为是呼呼呼在那儿信口胡言，信口胡言中有某种进步性与绝不是零的可能性。在美国，除了"绝无可能"发生，是不可能的之外，还有什么是不可能的呢？

鲁迅时代是旧中国，那时候令人快活的是偷书被砸断了腿的可怜的、到处吹嘘茴字的四种写法的可鄙的孔乙己。呼呼呼则是新中国文坛一时小红人，逗人一笑，一寸丹心报祖国文坛学界，涉足企业管理，也就过得去了。他并不追求真正的名望高峰啥的，他从不伤害他人，只吹乎自个儿，不抨击他人，在相轻相咬、舌头底下压死人的文坛学界与网络超俗即极俗民粹界，出这样一位善良宏大的段子手，倒也不恶。你可以说他并无多少干货，他也从不以文坛或学界的大腕真腕儿自居，得机会就抬爱一两位新手，顺便抬抬自己。呜呜

蔷薇蔷薇处处开 047

说他是文坛上最不骄傲也最不嫉妒他人的好人儿,他是受到欢迎的一位。他不装猫儿,不吓人,不拍马,不迷官儿。略吹小牛,略滥新词儿,一半是文坛学界,一半是准曲艺单口相声脱口秀界大师或中师小师级演员,更是帅呆酷毙爷们儿,自成一格,一笑了之了之,而已而已。

此人无大恶,庶几无小恶,有亲切感与随和性,宠辱无惊,随缘起伏俯仰,到处上席、讲话、入药、加塞儿、添趣儿。祝他平安幸福。

维吾尔谚语说:"鹰有鹰的道,蛇有蛇的道。"呼呼呼非鹰非蛇,他是一只声音响嘹亮的田鸡。

无论如何,虎爷算是成功者,各人有各人的成功,不可统一标准。

疫情无情来,呼呼呼失联。辉光本有限,声响自寂然。

虎虎震舆论,堂堂似高言,闹闹两三下,乒乒四五篇。

然后持个卡,嬉游洋那边,忽悠出喜乐,归零更陶然。

作家不是花,凑合吃喝撒,诡言成一笑,众人夸哈哈。

敢吹敢称雄，胆气万人惊！偶尔露破绽，何必倒栽葱？

呼呼呼闹闹，嘻嘻嘻吵吵，六十载过也，有这么一根草！

有这么一根草，有这么一剂药，有这么一朵葩，有这么多少年的笑！（也不错嘛。）

十、女诗人鸣鸣
1971·2023

  而悲哀与怨怼在于诗人鸣鸣,她的才华、风姿、个性、形象、作品、人脉,光芒四射;命运遭遇却无情无义、痛可钻心、恨已蚀骨、难以解释。

  "解释春风无限恨,沉香亭旁倚栏杆。""昨夜星辰昨夜风,画堂西面桂堂东。""纵使相逢应不识。""从此萧郎是路人。"

  1971年在"五七干校"梦幻生情后,27年过去了,她恋得痛苦执着、她爱得专一坚守、她情深得如11034米马里亚纳海沟斐查兹海渊,她热烈得如炼钢火焰、期待如"待月西厢下"的莺莺与寒窑苦守18年的王氏宝钏。WM想到过,王宝钏苦守18年,她则是苦待27年,她的人生与文学,以命搏情,几近就义，令WM不断想起山西民歌《兰花花》："我见到，我的情哥哥，说不完的话啊，咱们俩人死活哟噢，长在一搭！"

还有陕北的《信天游》："你妈妈打你，和你哥哥我说呵，为什么，要把洋烟喝呵……"洋烟说的是鸦片，女儿爱上了哥哥，妈妈不让，打了闺女，闺女吞鸦片自杀，情哥哥唱了起来，能不昏天黑地，肝肠寸断？！

而在翩翩那里，情哥哥称"狗狗"，情妹妹称"肉肉"，栩栩如生得气死人。

呜呜的男神是SS领导，名牌大学受过高等教育的"一二·九"地下党员干部。呜呜的文曲星是安东尼·巴甫洛维奇·契诃夫。差不多仅仅凭借契诃夫的一卷小说集（？），她构建了自己的诗的天国、情的圣母、诗的庄园、文学的世界，她何其优秀哟！

许多年以后，就是说改革开放了，呜呜的文学梦实现，她的诗作霞光万道，她的人生浪漫奇葩，她的爱恋铁定无望，她的期待凄美梦幻，她终于似乎是得到了255%的实现……这是诗人、国人、时代与文学的恩典与机遇啊，这是亿万斯年文星、诗月、散文男、小说女压根儿没过的福享机缘。她修炼了多少万载，她苦熬了多少千年，逢此佳日良辰、芳菲厚爱！

于是，然后，一切的一切，立即或者发生了意外变化，不是爆炸，也是气门芯顿然拔出，变速如电，变速可以申请登记吉尼斯世界纪录。苦恋梦想,在实现的瞬间,变味儿了、变色了、变质了、变修了,苦恋的诗星,竟然变成了高文化、诗文化、梦文化的怨妇。也许怨妇更加容易得到垂青爱怜,当然。那么,是不是,莫非爱情与文学的浪漫,其实是不能实现、不宜成真、不可世俗化与生活化日子化了的呢?诗一样美妙的高雅的悲苦的与可望而不可即的乌托邦天堂之爱之恋之诗之文,一旦成为事实,便嗞呲嘶喷儿地一家伙走了形、没了样儿、撒了气,立即干瘪破烂毁灭发酵解构令人作呕?!

天啊,为什么对于大诗人、真情犀利的呜呜:过日子,就是生活的破碎;枕席婚姻,就是爱情的杀手;美梦圆满,就是现实的霉锈!

梦幻成真何必真,一旦成真即失贞。度日居家浑噩噩,深情隽语岂津津?

俗人俗物俗煞人,诗韵温馨尽不存。面对珠黄人老旧,钢牙咬碎活剜心!

一纸晶莹一世昏,解铃难求系铃人。铃儿解掉全无系(寄),悠悠雠雠苦自身。

艺术文学恁害人,爱情搅屎误青春。伤悲苦幻心全碎,老大成双腐旧身。

新篇吟罢怨啼春,落地泥泞难委身。梦里诗中情有尽,他她你我尽俗身!

十一、痛惜与伤悲

梦想就是梦想，文学就是文学！呜呜的说法是：她的纯洁美丽的爱，已经被舆论被他人被对爱与诗的一窍不通的蠢货们，乃至被文化环境、被平庸的人间、被混账的男权社会忽视了、蔑视了、冷淡了、搅和了、破灭了、厌恶了、悲剧化了、喜剧化了、闹剧化了。然后病了、乱了、哭了、恨了、反目了、无聊了、绝对地失望了、什么都没剩下了……

她聪明绝顶、真诚透明、赤子天使、笔如秋风、心如明月、情如春花、笑如清泉、举止潇洒、神态灵异、风姿迷人、举手投足，俱有神助、魅力天生、天真本色、轻信幼稚、我行我素、随心任性、朝云晚霞、阅读点滴、感想云雾、知事无多、灵机无限、憾恨无边、破釜沉舟、献身诗神、爱神，"灵台无计逃神矢，苦恋平生最自怜。丑鸭比翼天鹅后，悲愤难消心痛残"。

从前，爱上SS以后，她挑选纱巾、纽扣、发型、衣帽，不敢多吃，再不答应一切轻薄与挑逗，恰到好处，此生只为、只想、只顾那位唯一一个几乎完全不可能得到的奇男子SS，她自觉已经为SS献出了自己27年的岁月，包括下辈子、上辈子、上一代与下一代……SS就是她的他，他就是爱情，他就是天使，他就是契诃夫，他就是天堂，他就是永远——不能实现的永远地醉她苦她痛她的最美最动人的梦、信、诗、灵魂与生命。

改革开放世俗化以后，一度她相信扎耳针能够挽留住美好的青春，返老还童，她参加什么活动都戴着满天星式的两耳朵与两面侧颅部的小橡皮膏。这，也是为了他、他、他！同时她想起的是原来献给读者与她心目中男神SS的心语是何等鲜活纯净。而当一切的不可能由于扭转乾坤，改变了中国农民、知识分子、诗与诗人的命运的中共十一届三中全会，而变为可能，她成功了，比翼青云，翱翔内外，文学与爱情往前走了一大步，上升了一大截儿……但是，天！她要问的是，她心碎的是，她又最终得到了什么了呢？一对老家伙、几许涉黄谈吐、卧室里的痕迹与气味，男神的耐心与欣赏之中，不无轻佻与对她对女性的藐视，而人们关于仕途沉浮的八卦传闻，SS特别是与SS来往密切的级别身份相近的官员们，他们与她是怎样地不一样啊！那些对文学与诗学的一无所知、自负与不无颟顸的谈吐，那种爱情的慢慢耗散反应、乏味失联、蒸发掉色、噢，不，是极速乏味转变走味失踪了的遗失感觉，那种陌生感、异化感、格格不入感、不理解感不尊重感……他们那里剩下的是渐渐衰老而近干枯的情欲，是苟合低级的级别职务之类的堪称令人作呕的功利切磋，是鸡毛蒜皮且千篇一律的计算与雕虫小技。

文学，文学，你究竟是什么玩意儿？你推动了几代青年革命，你令上世纪的台湾当局闻之失色，你在刑场的枪击声中铿锵震动，光环夺目，你改造了生活，你使日子变成了使命，受活变成了信念，你提升了饮食男女，改造了太多的蝇营狗苟，孕育了理想国理想男理想女，理想的诗的世界，你摒弃了庸俗、自私、金钱、懦弱，你放飞了自然与人性的一切追求愿望感动与火热，你的口号是不文学、毋宁死，不诗情、毋宁宫，不超拔、毋宁灭……

呜呜的那首歌颂不可能的"蒹葭苍苍，白露为霜"的长诗，数十年来让多少人感动得死去活来，它的比喻，它的抒发，它的节奏，它的决绝，让你感觉到只要读了这首诗，就可以算是朦朦胧胧获得了一生，获得了爱情，体验了海枯石烂，享受了三生三世，感受了此岸彼岸，胜过了贾宝玉林黛玉，连通了罗密欧朱丽叶。啊，中国出现了爱情与文学结合的女神祇……

转眼间美好变成丑恶，挚爱变成怨怼，拥抱沉醉变成了无趣脱逃隐身，疲乏，疲乏，全身心的衰与褪。她秘密出走大洋另岸，找原先的孩子，电话、地址、联系方式全部向SS保密封锁。

她诗里歌颂过的，天上的白云、地上的清风、枝头的鲜花……瞬间变作泥泞粪堆里蠕动的蛆虫，谁能接受？谁能继续？谁能相信？谁能不顿足捶胸，啧啧称奇，痛心疾首？

而且她一再写到作品里，出气、散德性、抖露臊、犯傻、报仇，报诗仇文仇契诃夫仇SS仇，报"四人帮"、国民党、日本占领军司令冈村宁次的仇！！！

她写下了腥臭、不平、不甘、低俗、精神贫乏、审美疲倦、黄毒、虚饰、叫苦连天、无聊昼夜、嗔怪积怨，但见气冲冲，不知心恨谁？呵，她是天才，她是神灵，她是赤子，她是玉体，她是清辉，她是夜明珠，她是白雪公主，她是苦大仇深，她是至死一个也不原谅。她出污泥而不染，入污泥而不甘，爱自己以生命爱过的SS而越来越觉得不太值得，太不值得，不爱自己大张旗鼓地示了爱的SS却又是不能舍得。她爱上了一个臭男人，她误以为那是她的神，她的罪过是爱、真爱、深爱、痴爱同时真的不知道该不该爱对方，就是对方到底值不值她爱。她他一度互相配合得无懈可击，她被激活了那么多烟士披里纯；而臭男人周围聚焦着一批批臭女人和更臭的男人，还有淡而无味、虚而不实、伪而不真的令人活活窒息、比恶臭还令人恐怖的新式无色无味氮元素型的男女……"我、冤、枉、了、一、辈、子、啊！"

我为什么相信了爱情？我为什么会艰难地相信了文学？我为什么相信了契诃夫？我为什么相信自己遇到了中国的契诃夫？是谁在欺骗我？

用不着说"假如生活欺骗了你"，事实是假如生活并没有欺骗你，生活压根谁也没有欺骗，她最后终于明白了除了你自己，谁也没有欺骗过你。于是，然后，也就，她垮了。她的敌人恰恰就是生活、直到普希金与契诃夫，尤其是爱情，尤其是白白地爱了一整辈子的SS。

十二、矫情或者嚼强
2023

WM在40多年后的2023，付费从网上重读鸣鸣的另一首诗，他不免吃惊，诗里写到一个外形如希腊雕塑的美男子，回答"为什么"追求一位30岁的女孩的时候，答不上女孩关于该热烈追求她的男孩子"你为什么爱我"的提问，美男子面红耳赤地说："因为你好。"希腊雕塑的回答，使沉醉在爱情梦里的慧根独具的女子——情诗与抒情女主人公，"浑身冰凉"。

因为你好，因为你好，WM为这个回答沁出了眼泪。而鸣鸣为之"浑身冰凉"。鸣鸣的爱情试卷，到底应该怎样地回答呢？要白居易的《长恨歌》还是元稹的《遣悲怀》？是泰戈尔的《世界上最远的距离》，还是叶芝的《当你老了》？

其实很简单，也许，只要希腊雕塑型男子用鸣鸣懂不了几句的洋文说上几句，鸣鸣的诗歌抒情主人公，也就满足了。

不说"因为你好",而说"Since you are so nice",齐活,底下该就是"芙蓉帐暖度春宵……从此君王不早朝……"

天啊,设想一下,也许呜呜需要的是希腊雕像、离开引经据典的文学、抡好假大空,回答说:"第一,你健康美丽,你是我的梦。第二,你的风情触动了我的灵魂,想到你我就通体来电,火花四溅,遍体酥麻,飞升太空,追星逐月。第三,你的诗AABB,XXYY,使我昏迷,使我晕死三次,苏醒三次……第四,你就是观音,你就是圣母,你就是太阳,噢梭罗密欧,三塔圣露西亚!我要定了,I love you,I need you,I adore you!"(英语:我爱你,我要你,我恋你。)

WM也只能是浑身冰凉。

……她心目中的男神竟然没有上过呜呜心目中的爱情培训班!

从父母之命、媒妁之言到美丽的爱情,竟也是这样地活活要你命。

十三、爱情原教旨

呜呜只能是觉得冤枉、吃亏、被欺骗、被背叛,被SS等冤家有关人员轻蔑耍弄奚落,SS不是神,是两条腿、一个鼻子、两只眼、牙齿不全并且同样两瓣屁股的男人,这是第一。SS迷惑了她。男神一直仪表堂堂、道貌岸然,其实并未摆脱低级趣味,SS欺骗了她,这是第二。SS算不上是当真诗情盎然地文化地高雅地迷人地爱着她,甚至也不真是为了她,与原来的妻子离了婚。她早就知道两个人打延安时期就闹离婚,结果她冤屈地承担了SS家庭破裂的责任……男人爱情的绝顶美梦,品尝后你才知道,不过是逢场作戏……这是第三。SS的长相也越来越不是她心目中的样子啦,为了不对他产生嫌弃与反感,只能离开他,再离开他。离开他是为了爱他,是为了他进一步牺牲了呜呜自己。我的老天爷啊!

她不喜欢沉沦功利,她不喜欢过气的官场应酬,她活着只是为了真爱与好诗。天意怜芳草,人间要好诗。SS的可爱是她的死爱活爱的诗兴产物，爱情是呜呜为SS做出了终生牺牲的果实，她以自己的纯美的、诗韵的、纯洁与无限光明的奉献创造了SS，然后为了满足SS，她终于跳入火坑，发觉上当，乃东逃西藏，狠捉迷藏，烧毁了自己。她才是即将凋谢的芳草，他却是貌似庞然大物的大树，大而无当，渐渐空洞淡漠。她爱许多诗里梦里的男女，她期待着许多男女的爱，她相信她能够得到最真诚和高尚的爱，她的爱情诗你看了会摆蹦儿撒花儿哭得喘不过气儿，她的诗序你看了会泪流满面、满地寻找、爬来滚去，嗷嗷地叫，漶漶地哭。这样的女人当然是谁也爱不够儿。

尤其令人发指的是SS给她讲解，影片《尼罗河上的惨案》里的神探波洛老爹说过："女人的最大错误是常常以为自己被（所有的人）爱。"

她的回答是："如果见到说这个话的人，SS，你知道吗？我会杀了他！"

"而台湾学者南××根本不相信世界上竟有爱情一说。"SS又加码说。

她问过自己，是不是太迷恋与守护文学了呢？该死的诗与文学啊！WM则对她说过，文学是："言过其实，终无大用"！文学接触多了你就会知道这八个字有多么准确与精练。京剧《失空斩》上挥泪斩马谡的诸葛亮说，刘备先帝，白帝城托孤时曾经这样说过马谡：说马乃是"言过其实，终无大用"。WM早就对鸣鸣说过这出戏。WM说，WM小时曾经将此八个字听成"年过七十，终无大用"。直到WM不惜代价地献身于文学从而迷恋文学并从而吃瘪的时候，他才明白了不是"年过七十"，而是"言过其实"的文学，活活要你的命。

　　WM的话让鸣鸣更加感到了透心的凉意，她追求了一生爱情与文学，渐渐发觉了爱情的靠不那么住。那么文学呢？年轻时候她想过可以为爱情而死。而当鸣鸣明白了为爱情而死是不值得的以后，她以为她会从而更加理所当然地将自身贡献给文学的祭坛。

　　　　文学祭坛兮，迷而晕晕，兼葭恋情兮，梦之沉沉。终有一日兮，交杯喜酒，情令智昏；终得报应兮，且看卿之忿忿恨恨！你怨爱情，你怨诗吟，你怨诗语，你怨男男女女，人人人人。

　　诗人鸣鸣，WM追念你，他想念你，他对不起你，他太死磕了，他为你心痛，他一心一意地想劝解你，他的心弦曾经为你的才华与真诚而庄严地颤动，他一心认为：你没有对你自己数十年的爱情抹黑与逃避的权利与权力。WM祈祷你的安息，WM也坚持对你过于天真与自我的遗憾与慰问、摇头与发声叹息。真正朋友的责备批评其实是急于劝慰。与一些人想的相反，WM不是左右逢源、八面玲珑、举重若轻、闪转腾挪的魔术师，WM是你的诤友，真友，二愣子一样的直友。WM对你这样的文友从来不会曲折拐弯，WM生生得罪了你又伤害了你。WM又直又傻又硬又横。嗯哏嗯哏，希望你在另一个世界也听到WM的沉重与坚决的声息。

或者，也许，呜呜是不是受了普契尼歌剧《托斯卡》的影响了呢？虽然她从来没有说过她看过一出意大利歌剧。感情上忠诚的也是妒火炎炎的托斯卡，出卖（？）了画家与革命者，又手刃了他们的仇敌，她的爱情杀死了四个人包括托斯卡自己。唱出了与中国女诗人背景十万八千里，哭诉却全无二致的咏叹调：

为什么，为什么，
啊，上帝为什么，
对我这样残酷无情！
我把珠宝缀满了，
圣母的衣装前襟，
把我的歌声献给，上帝
和天上的灿烂群星。
在绝望的时刻，

蔷薇蔷薇处处开　063

> 为什么为什么，上帝啊，
> 啊，为什么对我，
> 这样残酷无情！

前面已经提到了的推理小说大家、英国女勋爵、仅次于福尔摩斯的作者位列全球第二侦探小说家阿加莎·克里斯蒂，总结自己感情生活与婚姻时候，强调自然而然的尊重与承认。她引用一句名言，"承认丈夫就像承认脖子上长着一颗脑袋"一样，这话可不算浪漫，太不浪漫，只有面对老公与家庭的务实态度，却远远缺少远方与诗。阿加莎还说："一味地赞赏一个男人，你终于会感到乏味。"这就是说，道发自然，爱发自然，情发自然，诗发自然，耗散反应与淡出反应也是自然而然。别再装猫儿了，谁能不呼吸吐纳、饮食排泄，就近与食品用品一道度日，谁不是活在当下，而是赶往诗与远方？

在人为、人设、人文方面，中国文化讲的是"一夜夫妻百日恩"，感恩守护与滋养爱情，人人有责，时时努力。这样呆傻的道德化说教，也许鸣鸣会觉得是对自己的爱情诗与诗情爱的亵渎摧残。但是WM想道，它们其实是鸣鸣的救命仙汤。

毁灭爱情的一个妙法就是爱情乌托邦主义，爱情原教旨，爱情排他主义。正如搞垮社会主义的人不仅是反社会主义者，也包括用空想社会主义取代科学社会主义的人。

土大发了，会变得洋土洋土，土洋土洋。洋大发了会露怯露怯；太高端与高热地爱了，会恨爱恨爱，爱恨爱恨，怎么都不对付，怎么都不合脚。对不起，爱与不爱，都需要学习与用心，甚至需要谦逊与克己。有几个满口爱情的人感情测试能及格呢？有几个人能把爱情婚姻的天赐好席，不做成全无可取的拆烂污呢？

是的，常常你自以为是爱情，但其实不是伟大的高大上的爱情，而是自恋自苦妄想型心理灾难。一切都实现了，你开始厌恶卧室与卧具，反感性事性语，发现了社会位置与沟通交流的不对等等奇耻大辱，开始了对男人或妇人的恶劣品性的敏感、多疑、洞察、探索、发现与反刍。你恨得咬牙切齿。恨是一种毒素，恨又是一种营养，是教养风度与容色的美容或异容添加剂。你发现以命相持的爱情里仍然有对方的轻飘、低俗、起哄、凑热闹、兽欲、游戏、利害、支应、特技与气味氛围的污染。你痛恨你喜欢的人的老练与周密。你怀疑他保留着对其他异性的兴趣，你把这些写到诗或小说杂文里，撕开撕裂剥离了你写过的所有美与温柔、爱与体贴、向往与幸福、诗性与献身。你献出了独一份儿的金腰带，你给出了你的一生、一身、一切家务什零件儿，而对方SS，只有老奸巨猾，收割春天、一直到秋天与冬夏，并不在意你的一切奉献与失落。你以为。

呵，呜呜，你思念的结局是怨怼，相思的随后是呕吐，期待的结果是绝望，梦圆的结果是毁灭。你苦了第一方苦第二方，苦了第三方苦了自己，苦了读者，苦作者、苦论者、苦爱者、苦不爱者、苦为之流泪者、苦为你打抱不平者，苦为你说话、为你同情、为你炖老母鸡、为你颁奖争奖、此生不尽如人意、爱得未能完全尽情尽性的老男儿留级生们，一直苦到第N方面集团军。

爱情，有时是可怕的。诗，有时有割肉的锐利。

如果你成为爱情的文学的基本教义派，如果爱情成了你的唯一神祇，如果将一两个伟大作家的小说与诗读成圣经，如果把爱情与文学宗教化，是不是也有可能出现极端、分裂和崩溃三种魔怪的身影呢？

十四、托尔斯泰与妥思妥耶夫斯基的痛苦

WM说，2023年7月2日，网上发表了一篇论述俄罗斯文学的伟大的病态与病态的伟大的文章。文章启发WM去忖度：妥（陀）思妥耶夫斯基的罪恶深渊与托尔斯泰的道德高峰，成就了文学的伟大，也表现了俄罗斯文化在极端否定庸俗的名义下，提倡反智主义与对芸芸众生日常生活的偏执否定。以押沙龙署名的文章说，庸俗的对立物，不一定就是伟大，也许恰是病态！

或者可以指出，这里说的病态，主要是一种偏执，降一下调门，我们会看到在俄罗斯文学的伟大中、千古绝唱中，难免不无矫情。矫情是北京俗话，原发音是"嚼强"，嚼读第二声，强读轻声，现在通常写成矫情，会把重音读到情上，WM宁愿写作嚼强。越是嚼强的人越容易蛮不讲理或讲一种理而把别的理全部流放。在人生中嚼强或不可取，在文学中，矫情、矫强、嚼强乃至嚼情都有它们的一席地位。众人皆醉

我独醒,众人皆浊我独清,才接近妥翁托公,其实还应该加上契诃夫的戏剧。可惜你呜呜只有契的小说集。伟大的偏执与偏执的伟大,坚持的嚼强与嚼强的悲怆,恰如一些年前我们这里的一些无法与托翁与妥神相比拟的小知识人喜欢自我涂抹的说法——片面的深刻性。有几个人做得到绝对深刻同时绝对不片面呢?有几个伟大的人同时很务实、很接地气、很照顾得周全,从而得到上下左右内外高低、吃喝拉撒睡、衣食住行、柴米油盐酱醋茶的适宜安顿呢?

高尔基很讨厌妥思妥耶夫斯基,说如果狼写小说,会写出妥氏风格的作品来。作为纯逻辑与语义学的探讨,WM坚持不能将狼写小说与狼做牧羊人混淆起来。畜牧行业对狼排斥、视众狼为敌,并不否定某些情况下读读狼小说狼诗的可参考可包容可考虑可尝试与不妨受启发性。

1989年底,苏联解体以后,莫斯科十月革命后更名高尔基大街的原彼得堡大街恢复原味称为彼得堡大街,并且在这条街上修起了根据列宾的著名油画雕塑成功的感人至深的妥思妥耶夫斯基的坐像。

"押沙龙"的署名来自《圣经》,他是大卫的第三个儿子,他有点叛逆性还有点冒失。而中国网络里的押沙龙文章,指出俄罗斯文学因偏执痛苦而伟大,但同时,生活因为狄更斯式的平庸期待调子,如"十万英镑加贤惠妻子加一窝孩子"

的小康梦，即被装腔作势的半瓶子醋们嘲笑的世俗眷注，反而更可能推动普通人的安居、乐业、太平与幸福。

呵，鸣鸣曾经是契诃夫的一名粉丝。文学作品写到在男男女女双方做爱以后，一方或两方产生了对男女垫上体操运动的庸俗的不满足乃至厌恶，中外小说里写过的不计其数。鸣鸣的教化灵性气概，不足以挖掘苦海地狱，不足以填充险峻高峰，但是诗人虽然难以算多么伟大，却确实不无拨份儿的偏执与嚼强，动人有余、吟诗有力、气恼超额、悲哀过量、狂乱几近、脏水泼洒、痛苦千般，怒火无名，妥、托、契式的伟大的感人的偏执与嚼强，足以毁掉鸣鸣此生此人此世。

而鸣鸣的男神SS说过：鸣鸣读过的书就那么一点点，连《红楼梦》都没读过，连《士敏土》与《铁流》是两本书也不知道，她写了一辈子，"写来写去，就写我那点事"，SS说。

如果SS言之沾边，鸣鸣也算得上是诗之天才、情之灵异、写作之大仙、女性主义之彩虹了。你不妨爱得有点蠢，蠢得神奇出彩，见怜见爱，光芒处处；不论什么小心小眼、鸡毛蒜皮，都写出了原汁原味、卤汗卤味、痴汗痴味，像是给自己给男神都扒了个精光光，准备了、动上了外科手术，这委实迷人动人感人，充满了性感罪感与反性感，符合某一种心理学派的全部论断。而鸣鸣自身只觉得是无助无依，双手空空，积怨满满，甚至下决心声明与世界、与人间、与遍布的渣男丑女决绝分手。

　　WM感觉，对不起，SS说的你没看过多少书，好像是真的。终极、无穷的负面判断，可能来自亿万，可能来自千百，也可能来自0.0001%。

　　不拘一格的自命清高伟大美妙必然更加偏执，珍惜得不要不要的一切，尤其会活活把自己鞭挞至死、高烧至死、夸父追日至死。呵，聪明的、天才的、美丽的、诚挚的、天真无邪的、透明透亮的鸣鸣吾友呀，你的朋友们应该怎样帮助与安慰你？

　　WM还想问，那些纯洁高尚地爱上了鸣鸣的前辈作家老师们啊，你们怎么可能硬是不去拽住往自苦苦人的火坑多灾海里疯跳的美丽的鸣鸣的袖口衣襟呢？你们的支持与赞叹，是不是涉嫌毁了一个当代的李清照、朱淑真，一个东方的乔治·桑呢？

　　如果在新疆，"押沙龙"也许会音译成"阿卜萨劳姆"。这样译比写成"押沙龙"降一点调子，从而兹后多一点狄更斯的舒适、温馨、太平的小康之家；少一点深渊、苦海、悬崖、险峰、绝顶、自虐狂与救世主。

　　伟大与痛苦的我们的俄罗斯！

　　伟大的爱人、救人、动人、养人、迷人、疯人、狂人的文学！

十五、蔷薇也有苦难捱

　　爱爱苦卿命？诗诗伤人心。未得曰美意，既得遂恶心。

　　负心心乃碎，失意若刮鳞。诅咒诗悲苦，酸歌语深沉。惜心心异异，刺血血淋淋。

　　美梦只成梦，美言误美身，一生煎魂魄，一世伤肝心。思前不上算，想后失万金。

　　M心怜惜，M思尽心，M思劝慰，心语唤三春。M没法子，除伪必求真。

　　一语得罪你，一语失友人。友情最重要？友情骗害人？

　　人生非幻梦，行止非幽魂，诗文能振作，吟咏能惊人。吾爱吾诗友，吾爱真理真！

　　鲁迅有名言，戏完须抽身。浓妆与艳抹，下台浴水淋，还您本来相，还您自在心。

何必黄连泡，何苦又何嗔？文学或自负，文学或自矜，文学多明媚，文风拂人心。文学千态美，诗人仍凡人。诗文美上美，清醒莫昏昏。

文事如雷电，文人或滞昏。文章如彩霞，文人或胡抡。爱情或误读，文、实有区分。文词多激动，且慢静静心。

风度或老化，谁是金刚身？牵手且偕老，老而更亲亲。人生应快乐，得失在已心。君子求诸己，怨毒何频频？

WM在最困难的时候帮了鸣鸣。上世纪80年代，鸣鸣爱情诗中表达的惊天动地的婚外恋引起了面临家庭解体危险的有妇之夫的男神SS之妇的反响，这位失去家庭平安的老干部告状信遍发全国。本单位的一两位对其时文坛行情走势早已有所不满的作家已经表态，认为一年前预备党员鸣鸣同志在预备期满后不能转正。支部同志与本单位党组织负责人问计WM。WM协助解决了这个难题。

嗯哎，长叹一声吧，对于WM来说非常美丽的、天才的，非常可爱、可怜而又诡异荒谬绝伦的文友，噢，不必含蓄了，干脆叫一声，我的好友！恰恰在你所说的打了一手烂牌的20世纪80年代，你的时间到来了，你坦直而又梦幻般地出现在文坛上，那时你脸上有一种光泽，应该是仍然保有的青春的光泽、热爱诗歌的光泽、爱情伤感与期盼火焰的光泽，生命梦想与舍命一搏的光泽。后来，光泽变成了，变成了牢骚满腹，怨怼如山！

也许应该从另一个角度去体贴、去同情、去怀念，去安慰、去化解你的别扭，也许是WM冤枉错会了你？总会有点人儿多愁善感，总要有点人哭天抹泪，有一点"在世不称意，散发弄扁舟"的大诗人李白的浩然自叹，有点自诩"弃扇"的酸楚文词儿，"人生若只如初见，何必秋风悲画扇？"还可以有点惊天动地的《一千零一夜》里长期超期囚禁在小瓶子里的魔鬼的时限，前500年解救了它的人将得到一座金山，100年后的打开瓶子的人，将被魔鬼一口吞掉。时间，比空间的辽阔更令人战栗觳觫，时间与死神同在。不，不，不！

好诗词也许会有一些嚼强，嚼强矫情，正如某种烟酒嗜好，人的嗜好当中包含了自伤与自怜。诗人的精神营养素里包含了痛苦、伤哀与失落。诗人有了点风情与才华，就更渴求自嗟与自叹，可怜的诗与诗人。自伤自怜忒大发了，唉！你风情与才华得活活要人的命和你的命啊。

蔷薇蔷薇处处开，
青春青春不再来，

蔷薇的恨啊蔷薇的苦：
花儿落地化尘埃！

蔷薇蔷薇何美哉？
蔷薇蔷薇人人爱。
爱情的花朵伤心苦，
爱情的烈火也成灾……

还可以设想，一个多愁善感的诗人，一个风韵迷人的才女，一个长时间深爱、热爱、苦恋、单恋的诗人，一个错过了青春、而在盛年转老的时机成为了时代冲浪的弄潮儿，一个干脆自称是已经变成白天鹅的当年丑小鸭的女子，难道能不反复咀嚼回味自己的往事，自己的丑小鸭事迹，寻找自己的遗憾，探求命运的瑕疵，念叨自己爱过的男人如何没有真正对得起自己？这样的女诗人，怎么可能不营造自己的冤枉、失算、抑郁、重重深深的诗意与哲思呢？

周扬喜欢引用歌德的名言——愤怒出诗人。那么眼泪与伤痛当然也是出诗人的了。"红颜薄命"，这与其说是一个命运学预言学命题，不如说是一个诗学美学、自恋自赏、反复反刍的自恋词语。春风有意千般梦，苦恋成雠万柄刀！

诗人啊，其实你也一样需要精神的信心与力量。

十六、仅仅常识是不够的
2023年7月

《蔷薇蔷薇处处开》，初题《众神黄昏》，大体完成于2023年7月，为了不挤兑八月号《人民文学》刊物上发出的WM的新作中篇小说《季老六之梦》，"蔷薇"稿一直扣在手底下。7月间，WM在中国作协北戴河创作之家继续处理此稿：

"是离愁，别是一般滋味在心头"，WM忽然一惊。

从常识上说，呜呜的疯疯傻傻彻骨悲凉的长诗，作品存在的某种失当与粗粝是明显的，刚刚发表，两位出版社的达人伉俪就向WM表示这样的名家病态作品令他们大感不解，难以苟同。后来一位获国内大奖的文友说到呜呜的惟精惟微的爱情"苛求""苛评"，说是感到恐怖。另一位女作家则说得上火儿，认为那人儿是在恶化丑化世界世纪人生人类人子男男女女。

同时想到几位老前辈的激烈赞扬、激愤高温、激情拥戴、破格奖掖、激动相争，我们的文学评论家无人置语，必有它的道理。

是文学的评价有异吗？当然，有过作家艺术家心理病理的异态、焚毁了自己、割掉自己的耳朵鼻子生殖器，完成了千年不遇的奇葩杰作的艺术故事。失望，失望，失望，鸣鸣的诗写失望写到了极致，绝态千秋，异品万代，哪怕是错讹百出，仍然是字字带血。可读可感可怜爱。

嗯，是的，她的SS爱情婚姻憧憬体验世间少有，她的失望感则极易得到共鸣通识呼应。当文学获得了失望的硬核，文学之树出现了南国大榕树型的疯长奇观，像在梁启超家乡广东江门新会区熊子乡茶坑村一样，一棵榕树，长满了一个小海岛。她写失望写撒了欢儿。WM判断这样的苛求苦刺暴隐涉嫌病态、儿童不宜、读者不宜、作者不宜，自以为有责任有能力去劝慰她，想给她讲希望之与失望同在，正如失望之与希望一并滋生。鲁迅原话是"绝望之为虚妄，正与希望相同"，还有人考证，此名言出于匈牙利诗人裴多菲在1847年7月17日致友人弗里杰什·凯雷尼的信，鲁迅在《野草·希望》和《自选集·自序》中引用。WM愿意表达对SS的一点理解与同情，毕竟都是"老干部"嘛。劝劝鸣鸣不要让失望苦树长得太疯太辣，对于WM来说，绝望影响心理健康，这与WM相信吸烟会引起呼吸系统癌变、提倡请勿吸烟（No Smoking）

的小儿科性质是一样的，有什么听不得的呢？

真的？你WM只是鼠目寸光，只知其一，不知其二，你只是报屁股生活常识科普水准。为了WM的小报屁股级的讨嫌的自以为是的常识主义性格，翩翩临终对WM放不下心，翩翩宁可生癌也厌恶别人向他普及常识与君子修养。而鸣鸣更是非把憋了一肚子一辈子的苦大仇深狂吼出来不可，她被WM的闷头棍伤害与得罪得伤痕累累，无以复加。所有的人的失误多半是看重了自己，包括翩翩、鸣鸣、WM。WM错估了自己的影响力、说服力，错估了好心与公正公共公开三公的友谊文学批评的力量。

而WM是不折不扣的报屁股常识主义。动乱前后，WM吸过11年的香烟，三中全会前后，WM毅然戒烟，靠的是书桌玻璃板下压着的小报屁股上的文章，《吸烟有害健康》，尤其是文章中对于化学物质"三四苯并芘"的介绍。烟瘾上来，守持难继之时，读一眼"三四"，立即弃恶从善，全身是劲。

如今鸣鸣远逝他乡，WM含泪思前想后，也咬住了牙关：WM只可能坚持小报屁股上常常出现的通用通俗媚俗常识，他反正不能讨好病人病心追加临床病征（不是症）。WM对有些病只能手术与化疗，虽然手术与化疗至今不能证明是最好的帮助。WM读史的心得之一是，许多伟人巨人才人天人神人人杰……他们的错误过失遗憾，从来不是发生在三位数以下的人士才理解才关注的对于高深学理、崭新与深奥课题、尖端巅峰塔尖性问题的认知与选择上。

十七、月如星什么也不缺少
1928·2012

另一位妇女强人、表演艺术家兼作家的强悍,在于他们对他或她的人生角色的胜任感,长期与多方面的胜任感。她留过学,她唱过《三堂会审》与《拾玉镯》,她扮演过《日出》里的陈白露与《骆驼祥子》里的虎妞,她给不同营垒的大人物献过花,也用中英文唱过《祝你生日快乐》,后来在复杂的形势下,她去了一次她本来最好不去的一个名声鹊起、旋即失势的小小村落。

她毕竟名扬四海,岌岌可危了一些时机与次数,最后被理解、接受、包容、喜爱、鼓励。她结过三次婚,后来她的先生过世,又嫁给了一位真才实学的教授。教授也走了,她住进养老院。

她生于1928年。2012年时,她84岁了,住在高级养老院里。境外的华文网站上出现了一篇署名"星似月"的长文,题目是《八方四面尽人生》。

文章写道：

……我出生在官僚资产阶级兼买办资产阶级家庭，我的原罪与机遇都在这里。1930年，我两岁时候，凭我的一张一吋半身照片，母亲得到了富商女界敲锣打鼓颁发的育儿大奖，然后父亲带我们到了BB国履职。5岁，1933，我是BB国B城最好的幼稚园歌手，我在教堂唱过平安夜赞美诗，满嘴"阿里路亚"。9岁，1937，我迷上画，在教会学校举办画展，出版了我的画册……1946，18岁，中学毕业后我回到抗日胜利的祖国。我考上名牌大学……我还是校军乐队队员，小号手。中外大中小，我的学习成绩永远名列前茅。我是习惯性优秀学生。

初中三年级，我已经身高1米72，有志于体育新星，我一上来学跳水，学着学着觉得自己发育太快，穿着泳装抛头露面露身，让一帮子恶犬饿狼男子死盯活瞪，太不上算。我打起了篮球。我是大学篮球队队员，我经常打中锋，阳春召我以投篮，大块假我以艺文。

回到祖国，我的爱好还同时扑到了母亲当年票戏时候特请师傅教授的京剧里。我被拉去广播电台清唱。国民党的一个党棍子给我发奖，那时我19岁，1947，大学二年级。为这件事，在新中国，我写了检讨，写了材料，接受了调查，最后结论叫作"一般历史问题"。

我永远光明，永远自信，永远自得其乐、享受进取、不骄不馁、不娇不惰、不放弃任何机遇、不羞于怯于任何显摆的场合，又不耽于任何癖好、不害怕任何跌跤、不顾虑任何胡说八道——什么欢迎羡慕嫉妒恨，那样的人多么无聊。我敢于实验，我敢于表演，我就是要显摆，我常常一鸣惊人。我喜欢响铃、上台、逢场、闹场、歇场、救场、搅局、成全、担当、包圆、戏比天大；不论什么八段锦、怒目攥拳、五劳七伤、梅花桩、易禽戏、形意拳、太极剑、毯子功、芭蕾势、就地十八滚、华尔兹、狐步舞、拉丁舞、倒踢紫金冠、空翻、侧翻、连贯翻、桌子舞、凳子舞、梯子舞、坛子功、罐子功、胡笳十八拍、十二木卡姆、发昏第十三章……我全要，我全会，我一个也不拒绝，一个也不认生。

领完国民党党棍的"平剧"奖以后，我马上转换方向，充当主角与第一配角，主演两部影片。一直到1948年，北平上海有些个半拉子名流，竞选国民政府的参议员，有不止一个人包我演的电影，免费招待公教人员——官署与学校教职员工，还有大中学生，靠我的演出拉票，虽然我与他们的参议会没有一毛钱的关系。

国民党的党棍子与参议员给我抹了黑,我不服,我不信。大学时代我的思想日益"左"倾。我看了批判性的《一江春水向东流》还有《乌鸦与麻雀》,我看了苏联对外文化协会放映的《夏伯阳》与《列宁在十月》,我读了革拉特考夫的《士敏土》,我作为铜管乐手吹法国号参加了全市大学生演出的《黄河大合唱》,在学生自治会上我演唱过陕北风味的《刘志丹》和湖南风味的《左权歌》,我受到了校内中统特务组织的威胁。

哈哈,我就是童年画家、稚嫩运动员、粗浅乐手、京剧票友、一炮打响的电影当红明星、天真的左翼青年学生、专唱《跌倒算什么》与《团结就是力量》的国民党克星。我是地下党领导下的纯真的左翼学生运动活跃分子。

然后是中华人民共和国屹立东方。我从1949年申请入党。入不成?受家庭出身影响,好的。反正我年年都申请,前后写了十几份申请书,贵在坚持。也许我应该出一本书,干脆题名就叫"我申请入党"。1953我在北京中南海参加全国妇女代表大会,1955年担任市青联委员同时是妇联委员。

入不了党,没有关系,我乐意接受考验。二十世纪六十年代,艰难中我拿起笔,我的描写荒漠地区坚持绿化造林的诗歌与报告文学，堪称轰动文坛。

……然后是动乱，动乱中我的心并不乱，我明白，不要乱动，更不能动乱。我仍然追求，我仍然在努力，我仍然相信一切，在一些朋友高唱"不相信"的时候，我高举着的是相信的大旗。我到动乱分子们树立的文化典型大银庄去，我写了表态信，我想跟上形势、跟上"旗手"、跟上开拓。我受到"四人帮"那边的人的怀疑抵制驱逐。然后动乱结束了，我受到人民的嘲笑，受到唾骂，似乎是人皆不齿。然而恼、恼、no，恰恰是1979年1月5日，我成为中国工人阶级先锋队的战士。我是跌跌撞撞的战士，我是伤痕遍体、决心依然、热情如火、意志如钢的准钢铁战士。

……所以，我不是一事无成，我是全面人生、大面人生、多面人生，我不是二流全活，我是遍尝百味的体验艺术与行为艺术人。我不是后现代平面人生，我是什么艰难我试什么的扫雷艇与鱼雷艇。包括我的爱情，我的婚姻，我的风起云涌的男友男相识与不分男女的知音知心甜心揪心刺心，还有心上的刺青。

我爱我所有爱我的男女，我亲吻所有愿意亲也愿意被亲吻的生命，包括大男人、小男人、青年和少年和老年和衰年、闺蜜和大姐大妹子小闺女。我永远拥抱他们她们，异性和同性，全爱！！！

　　我不是特技工匠，我不想牵着骆驼穿过针鼻针眼，君子不器，淑女不奇，更不嫉。与其弹玻璃球不如打网球和篮球，与其踢毽不如练跆拳道踢准敌人的腹部，与其绣花不如举重挺举78公斤，超过自己体重。

　　我真正开始老了！哪个不会老？哪个不曾小？老了算什么？我的一生将是囵囵囫囫的完整一生。观众，听众，读者，我是爱你们的！我是满足的！我是幸福的！我活得滋滋味味，我死得必定会自自然然，平平安安，我写得高高兴兴，我演得热热闹闹。我赶上了伟大时代，风云际会，国家与国际之舞台。还缺什么呢？

　　我什么也不缺少！我没有任何遗憾！

十八、你的看法呢

这篇网文引起了热烈议论,点击量超过365万。网民问:首先,她是星似月还是月如星?星似月是不是就是月如星?或是一个啥人,想蹭多料儿明星——月如星的流量,厚脸皮地给自己取笔名"星似月"?

一派认为,是的,这网文内容只能往月如星上扯与靠,此外我国尚未出现这样的人物。

另一派说不是的,"星似月"?绝对不是"月如星",这里说的是文风,文风像今天的网V、×孩子,不像老大姐,没有含蓄,没有帕儿头(上海话"派头"发音),不像大家或自以为是大家,更不像名门闺秀,三辈儿前VIP的嫡亲曾孙女也不会这样胡乱廉价地吹嘘,尤其是自说自话什么去大银庄的事,我都替她不好意思。

反对此说的人则说,这正是星与月与人民结合大众化的可喜面貌。君子坦荡荡,小人长戚戚;君子之过如日月之蚀

（自愈），小人之过必文（饰）。

网民网虫们进一步讨论了追月追星、似月非星的人生观、追求与选择即价值观与缺少不缺少什么的世界观。夸奖赞扬的说是此星月爱国爱家爱民爱生活爱艺术，不但政治正确，而且正道坚强乐观健康，表现了新中国新时代现代化、改天换地、改革开放、全面小康。

质疑的人说，世界上哪儿来的全才？哪儿来的多面手？我们不能不为你害羞，嫌你干脆是臭不要脸。你以为你是达·芬奇？你以为你超过了爱因斯坦？你这料儿什么都不过是二流三等货色，这样的博学多能，怎么可能与钱锺书相比？怎么和白杨秦怡相比？表演就是表演，绘画就是绘画，唱歌就是唱歌，文学，尤其是文学，《诗经》才是文学，曹雪芹才是文学，巴尔扎克才是文学？你那玩意儿几句漂亮话，一连串抒情独白，那能算文学篇章吗？

有人立即指出：骂星似月最起劲的乃是现在一时兴盛起来的叫作明星"黑粉"人物，黑粉们由于自身的羸弱、丑陋、卑小、拙笨、失败、绝望与对于强壮、高大、聪敏、成功与大有希望者——明星们的羡慕、嫉妒、恨的折磨，他们必须寻找艺文界明星，死死鳔住你。他们以骂星刷存在感，以找碴找由头、以到处挑事儿显摆自身。尤其赶上生活中确实有明星的不检点与丑事，黑粉们更成为一种社会生态的需要，穷极无聊的需要，一事无成的需要，一无所知、一无所得、一无所长的废物点心们喷子们的需要。但对于没有亏心事、不怕鬼叫门的星月们，这些黑粉的存在，不足为虑，恰恰相反，黑粉与红粉的存在一样，能够维持星月的热度、亮度、魅力。已经有人爆料，有的黑粉，其实是已经粉了三五年的老红粉客串，中国是个大国，中国网是个大网，好歹你混上闹上个脸熟知名，求之不得，前途无量。

又有人说真正的人才人材，该专就专，该博就博，该窄自然窄，该宽？宽了还要再宽。没有那个才能，宽博了捉襟见肘，收窄了小家子气。嘲笑责备星与月的混混喷子们，你们哪一号，能赶上月如星的1%或者1%乘上1%？

还有人说，人类千万年，有几个李白杜甫，有几个但丁、托尔斯泰、毕加索？爹妈没有给你足够的才智基因，你难道明目张胆地招认你的一生就算失败者了？花似月究竟是不是月如花，管这个干吗？反正月如花也好，花似月也凑合，都比没话找说辞的网虫们强。网上一大堆评语作者，谁演过电影，谁唱过《三堂会审》，谁得过文学奖，是骡子是马，是老虎是老鼠？出来遛遛！

立即有人骂，署名是"星似月"，涉嫌是"月如星"。怎么TMD成了花追月？

得，你也写错了！

还有对于星月的立于不败之地的政治正确抑或机会主义之评与酷评，质问星似月：你追求什么了？你不但投革命之机，还投动乱之机！

另外的人说：别高调了，月如星也是在摸索嘛。动乱后辱骂嘲笑动乱中行为不得体的废话连篇者，你们当中有谁做过邓公式的努力？有几个遇罗克与张志新？

还有人讨论侈谈思考的一代与献身精神的关系，还有人论说精英与民众、青年与老年、符号与直观、后现代与现代、前现代与大众情人、经典与惊雷闪电的关系……尤其是潇洒超脱与游戏人生、一以贯之与随时调整如此这般……各种说法，各种评价，令人眼花缭乱。

网文《什么都不缺少》后面有一些简短评语：

资产阶级，显摆得够二的。

你本来应该有很好的成就，现在只有一通臭显。

如果我有月如星大姐的真本事，我愿意学大姐的生活路子，我做不到最好，我努力做到尽力。

WM再回顾共同游欧的日子，欢乐不再，新鲜不再，友谊仍存，追忆永在，意味无穷。

然后M认定，用摸着石头过河的精神，好好生活，是可

行的路子，

你好，月，星，女作家，艺术家，为了人民、生活、爱情、永远。还有红粉与黑粉。

为什么"什么都不缺少"？因为你不追求你缺少的东西。你有了正道又有了情性，就有了快乐。你还缺少什么呢？不然，你没有了快乐，你还能有什么呢？

你自在，所以自由，你不太安分，所以都试试，反而安稳。你聪明，所以知道你并不是大天才，你有多少水，和多少面。你只能做一名幸福人能干人明白人乐呵人。你预设了渺小，成功了，也就是达到了从无太悬乎的大野心大出息的地步了。你并不要求自己成为武则天或者秋瑾或者邓肯与乌兰诺娃，当然你也不是李清照或者乔治·桑或者伍尔芙。你失去的是压根就不可能得到的一切……所以你什么都没有失去，也就是什么都没有缺少。

十九、思前想后·庭院梦连连

2023年4月28日周五，本年度五一劳动节调休假日的前一天。

这一天晚上，WM入睡时想起了70年前五一群众大游行的欢乐场面，耳边响起了70年前五一节之夜在天安门方块联欢时各学校方块大联欢大中学生跳集体舞时奏响的舞曲：青年舞曲、秧歌舞曲、工人舞曲、陕北舞曲。俄罗斯舞曲的调子是"瑞瑞骚发咪咪骚，瑞瑞骚发咪多多"，匈牙利舞曲唱的是瓶舞伴奏曲"快快和我结婚"，波兰舞曲唱的是"有位姑娘，去到林中，寻找红莓果"，保加利亚舞曲唱的是"啊哈，我的原野、绿色的原野"，乌克兰舞曲与俄罗斯舞曲一样熟悉……

团结，阵营，主义！

思前想后，WM在2023年4月28日睡前回想与诸多作家海外访问的一切，忽然WM明白，这批作家可能已经开始凋谢，乐莫乐兮新相知，悲莫悲兮生（或者是不再生）别离。

什么？这是什么声音呢？风？雨？有线或者无线广播？鸡？猫？狗？狼？蛙？鸭？鹅？蟋蟀？蝈蝈？叫卖？敲门？哭？笑？铃声？

都不是，更像是人的，女性的——呼吸。

不是，也不是女生呼吸，多么拙笨，多么不中用了啊，WM！这只是手机，WM睡得太熟了。WM忘记关手机了，也没有将手机改成飞行模式。明天不就要放假了吗？

"看看吧，看看吧，什么什么，都有了，都不缺少。"

"天啊，是你？你是上海？你是沪上？你是阿拉？侬？星？星？星？要不是月亮……我为什么看不见你？"

然而看到了月光，看到了乐队，听到了演奏，有《蔷薇蔷薇处处开》的演奏，有《老渔翁，驾扁舟》的演奏，有李焕之的《春节序曲》也有勃拉姆斯的《D大调小提琴协奏曲》。有唢呐与扬琴的演奏，还有闪烁着星光的大鱼缸，这么大的鱼缸只有北京的故宫大院子里才会有。也许故宫里的大缸只是备消防用的缸。

乱了套了。难道是做梦吗？WM已经有许多年不做梦了。过年了，不对，现在过什么年啊，怎么过这么多年啊，越过越多，怎么得了！我这是来到了什么地方？

年年复年年，天天又天天，时间也发酵，时间自变酸。

时间不负人，人不负时间，洋洋洒洒后，回想百十年。

时间如美酒，美酒飞天边，同游同喜乐，心心相怜怜。

相怜复相连，腾腾一世间，往事诚可忆，旧友益不全。

人生莫谓短，做事莫说难，感受大不一，好梦拼命圆。

珍惜一日日，珍爱一年年，好好做与活，歌、舞、写，连连！

不再连连时，回想仍甜甜，嘛嘛都齐活（了），此生有内涵！

呵，这是一个院子，我为什么要进院子？我更喜欢的是园子，儿时乡村的家里是梨园，后来是樱桃园。

多么不靠谱，WM是1989在官方访问新西兰时候，于最大城市奥克兰看了英语演出的契诃夫忧伤剧作《樱桃园》。（五笔字型中，"忧伤"与"剧作"同码。）

怎么又成了电影明星作家拉着我的手？飞来小鸟，飞起蝙蝠，飞过蜻蜓，身边出现了萤火虫。WM的童年时代，大城市大都会里都有萤火虫，有草、有花、有雨后蜻蜓、称之为老留离。雨前的小燕子低飞，有傍晚飞入眼帘的、不知从哪里飞出来的蝙蝠，有吊在众多的槐树上的青虫子。如今，什么都没有了？人类排除了异类。清风徐来，水波略兴，摇摇晃晃，如睡如醒，如花似玉……不是的，不是，不对，不要什么如花似玉。再见，我爱过的想过的写过的所有如花似玉……

　　WM突然醒来，他抖了一下机灵，他打开枕边的手机，他看到了逝世两个不清不楚的字，他听到了似有似无的声音，"走了，zulu"，还像是"佐罗——阿兰·德隆"。

　　"86岁的阿兰·德隆，已经选择了安乐死。"一闪电，他看清了38年前与他一起出访的月如星的美丽的容颜，他听到了月如星的磁而慈的声音，他同时想起了《刺杀托洛茨基》影片中俊俏的阿兰·德隆扮演的狠毒杀手。

　　是的，2023年初WM得知，月如星女士已经在一年前溘然长逝。他早已知道此事，也暗自默哀过了，兹晚2023年4月28日，噩耗以这样一种形式再次进入他的梦境，WM感到女士作家艺术家仍然活在他们当中，无疑。

　　嗯嗯，2023、4、28，网络、电脑、手机、微信开始进入他的梦境，他的梦登上了一个台阶，他对天地人生命运与宇

蔷薇蔷薇处处开　093

宙感恩。小子何能？小梦再再扩容与深化！

　　WM在心中，为月如星，为月如星的哥哥、嫂嫂与弟弟而思念致敬，他们都是新中国的著名的文化人，WM在紧紧相靠的醒与梦、梦与梦之间，为一代月星手足，还有一些其他别离了的同行，做了灵魂的祭典。

　　这又与佐罗、阿兰·德隆有什么关系呢？醒后WM想起，1987阿兰·德隆访华，到处飞吻和用中文喊着"wo ai ni"引起了争议，那些年谁来，谁不来，谁被请来，谁不能请，都有可能，都有不一样的说法。

　　　　蔷薇蔷薇处处开，
　　　　争议，反对，处处来，
　　　　反对了半天照样开，
　　　　欢迎了许久您没来。

　　这时WM走进的头一个庭院，月如星庭院，如果他连续进入的确实是这么一批、一串相连结的庭院的话。

二十、第二道庭院

每个庭院都没有院墙边线，也就是说，其实这里没有庭院，只有似是而非的庭院之梦境感，梦境的院落，梦境的连续。但是每个梦境里都有两个门，一个是进的门，一个是出的门，一个是上场的门，一个是下场的门，一个是生的门，一个是走的门。每个出口的门、下场的门，又都连结着下一个庭院或并无庭院界面的空间的进口门、上场门。船上管弦江面绿，满城飞絮辊轻尘。忙杀看花人！闲梦远，南国正清秋。这样的庭院又像是过去的戏台和后主的词？

被上海的老友丧讯惊动的月如星庭院的门庭庭门是什么样的，WM没有了印象，也许是西式的铝合金栅栏式别墅型透明大门？下面接着的是童年时期住熟了的大杂院如意门，其实是宽大而破旧的老四合院的八卦门与破烂门。童年艰难，童年寒蹇，童年住着大杂院里最低等的非正南也非正北的厢房，夏季夜晚不敢进热气腾腾的屋里睡觉，人在院里坐小板凳，困得睁不开眼睛，醉迷在月光星光萤火虫光与南风阵阵里。

WM又回到院子里来了。你好，1980；你好，阿兰·德隆；你好，李谷一、楼乾贵，是谁在跳绳儿呢？

是何哥哥。是另一个院子，是外国，一边是进马车的大门，一边是直通室内走廊的实木大雕花漆门。那里有放了奶酪作馅儿的饺子（dumpling），有威士忌、白兰地与车厘子酒，WM总是忍不住见车厘子酒而思绍兴加饭尤其是花雕。音乐背景也变了，出来了美国影片《爱情故事》的主题曲，转眼变奏成了法国作曲家莫里斯·拉威尔的绝妙的一个旋律坚持到底的《波莱罗舞曲》，一位同时代的名作曲家听着这个舞曲起急，他喊出了"怎么还不发展？"世界接受了也倾倒于拉威尔的前无古人，后无来者的艺术定力。

一代一歌又一声，《波莱罗》《乡恋》美心灵，
此生应赏千番曲，唱罢新篇温旧情。

又道是：

莎也喀秋莫斯科，"乡村""摇滚"任婆娑，
《我心依旧》"泰"轮逝，红奏东方牛奶坡。

(《我心依旧》是影片《泰坦尼克号》主题曲，又，下右一句指《东方红》的歌声在高空银河长时间响起，银河的英语直译是"牛奶路"。)

南北东西欢震天，好歌要唱三千年！
翻腾歌曲涌大浪，振荡一生唱不完。

又道是：

白马洋枪震四方，东方灿烂迎朝阳，
信天游传千万里，蜕变中华大辉煌！

(《东方红》原是民歌，最初由陕北农民李有源改的词："骑白马，挎洋枪，三哥吃的是八路的粮……")

通过宏伟的中式将军门，又一个院落正盖楼房，WM想劝阻又觉得不合时宜。又一个院落，是从圆形的垂花门进入的。WM他听到了呜呜愤愤地诉说："我的爱情毁灭了，我的生命腐烂了，我的我没有了。"

WM更想在梦中看到崇文门与宣武门的字样，堂堂北京，能无崇文与宣武乎？

WM没有说什么，不想说什么，越说，就会越得罪得彻骨,伤害得扎心。但是WM听到了有人在说话:"不,并不是这样。不,你为什么闹腾到如此这般地步,你到底要什么?你到底恨什么?你到底是什么到底?"

"并没有什么,我很好。"呜呜?不,绝对不是呜呜了,呜呜不一定总是呜呜,不是呜呜不一定总不是呜呜。

呜呜请你坐下。她点起了蜡烛,她、和终于成了她的他的SS,双双吃晚饭的时候要点蜡烛。他们的餐桌上不但有筷子和调羹,还有餐巾、刀、叉、汤匙、茶匙,每人面前还有一排规格和用途各有不同的干葡萄酒大玻璃酒杯。她喜欢学欧洲,虽然她没有怎么去过欧洲。

而且有一个欧洲跳蚤市场上买到的青铜蜡烛台,可以点三支蜡烛。呜呜的点蜡也很有范儿,先用一根火柴点烛台两端的蜡烛,后用一双火柴,点烛台中间置放得高一些的蜡烛,不知道是罗马帝国、拿破仑法兰西、当代欧盟的,还是在维也纳指挥过小乐队的呜呜和她的SS特别立的规矩。

哦,她和他得到了幸福。怎么,怎么,有那么一回,她还抱着一个洋娃娃式的可爱的孩子!

晚餐前,她说了一句法语:"Bon appétit——祝你好胃口!"由于呜呜发音不太准确,SS重复了一遍发音好一点的法兰西客气话。

可以想象,SS与他的已经共同生活了50年的夫人吃饭时从未点过法兰西蜡烛。鸣鸣的爱情梦的一些细节也都落实了，一旦落实，她感到的是死亡一样的失望。

鸣鸣甚至曾经以为自己50多岁的时候怀了孕，告诉她的朋友，声称SS把自己的肚子搞大了。

"我的一切梦，都圆满了，都实落了。"远远地飘移过来一些吱吱叽叽喊喊的声音，不能断定是不是鸣鸣在发声，更不能断定她是在发什么声，这个说话的声音在摇荡，在蜕变，在喘息。一起走访过欧洲与纯洁地喜欢过法国的她是在大笑吗？怎么又成了呼天抢地？是在啾啾啾飒飒摆动了冷兵器，同时开火了捷克造机关枪？她说的是冤枉、冤枉、枉冤、枉冤，她说得对，妇人的痛苦，在伊甸园里留下了种子。

"我最反对的是生孩子，你有什么权力增加一个生命，制造一生的痛苦？"怎么会出现这样的冲动？不会是要……吧？

请休整一下，请稍息。WM闪电一醒，出现了闪电一样的清楚的思索。请深呼吸三次。请闭闭眼睛。请回忆法西斯德国的《莉莉·玛莲》与军国主义日本的、伪满洲国的、终于证明了不是中国人也不是汉奸的、确实有对中国的爱心的李香兰。那时的被希特勒与东条英机战争罪犯控制的德国与日本，人民疯狂地要求多情的莉莉与玛莲，温柔幻想的中式的《夜来香》——李香兰。

苏联卫国战争时期唱的《灯光》，题材与《莉莉·玛莲》竟然相当靠近,苏联是情人姑娘家的灯光,战士告别以后,姑娘的灯光永远被红军战士温习想念。法西斯德国流行的似乎是军营的灯光,法西斯士兵的情侣女孩曾在军营前的灯光下与士兵约会相见,然后永远难忘。

WM的思绪无端,他的梦境是不是与乌克兰战事有关系呢?

他难以进入下一个梦境了。他想起保尔·柯察金、青年近卫军、卓娅、舒拉以及费定的三部曲里的基利尔、李莎,都是苏维埃乌克兰儿女。WM痛不欲生。

WM相信他与呜呜的上好的友谊,本来呜呜碰到的一些难题,她都会听取WM的意见建议。那年呜呜大冒傻气,写了一篇谈到她自己青年时代的私生活的散文,把她的闺蜜编辑吓坏了。编辑找了WM去劝阻,WM两句话一说,化险为夷。

而后来她发展到厌SS、厌世、厌地球、厌情、厌世纪……美名、美誉、美梦、美风度……摧毁了她的心理平衡,她体温38度,她崩溃了,她疯了。她几乎唱出周璇唱红了的《疯狂世界》。

> 什么叫痛快?什么叫奇怪?什么叫情?什么叫爱?
> 鸟儿从此不许唱,花儿从此不许开,我不要这疯狂

的世界，这疯狂的世界！

日军占领下的敌伪时代，李七牛，即黎锦光作曲。"渔家女"的痛苦，出于薄幸男子的抛弃。而诗人的痛苦，出于爱情的现实版没有不折不扣地实现文学原版。天啊！

二十一、入梦托洛茨基？

倏地一切都模糊了，WM或者是另一个MW与端端携手穿过中式广亮大门进入了又一个庭院。第七个？第八个？第N个梦境？庭院？空间？

又一个庭院里是一片掌声，噢，是所有的人、虫、鸟、兽、雷、电、雨、风、浪……万物都在鼓掌，声音不大不小，恰到好处。

许多的人在说话，这是西式派对，个个脸上带着微笑，人人的姿势是那样讲究地优雅，优雅得完美，优雅和完美得迷人。

人们发现了蜡烛，还发现呜呜与她的丈夫用的晚餐蜡烛，乃是法国产品。

人们讲着中文、法文、英文、日文、西班牙文、俄罗斯文……谁对谁的话都能听得懂。

鼓掌。我们大伙脑子里都安装了翻译芯片、学问芯片，四肢上也都安放了类肌肉芯片。差不多人人打破了奥运会世界纪录。说是差不多所有上过中学又植入了芯片的人，语言能力都赶上了辜鸿铭、钱锺书、林语堂，下围棋能力都超过了棋圣聂卫平与韩国李昌镐九段。

那么竞争、竞赛就会在更加神秘与高妙的芯片高度进行。例如争的不是下棋而是发明新的棋艺棋规，不是预告你帮助你听懂陌生的语言而是制造破译崭新的外星语言软件，这究竟是新的高峰还是新的魔障？

……再下一个庭院地点是会议厅，进入会议厅的门是日式推拉门。正在开会，所有的与会者身高都在一米八以上，讲话是结结实实、清浊音分明，卷舌音性感迷人的地地道道的XYZ语。

演讲人正在说："什么最好的理论刊物，这是不可能的，我坚信这是不可能的。我们的实践已经超越了一切已有的理论，我们的实践——星期六义务劳动，已经突破了历史，突破了政治经济学……"

奇迹。那么，正在演说的这位大人物又是谁呢？

"Я Лев Давидович Троцкий."（我是列夫·达维多维奇·托洛茨基。）

好家伙！原来是你！WM又出现了锋利的瞬间的清醒。是的，中国的出版社已经出版了苏联的第一部马列主义文学理论著作，托写的。那里有很多卓越的说法，然后你知道那才叫真正的"左、左、左"。是的是的，还有尼古拉·伊万诺维奇·布哈林与亚历山大·季诺维也夫，还有王明、原名陈绍禹、署名马马维奇、波波维奇……一个个相貌堂堂、言语锵锵、人气煌煌、举止扬扬……紧紧挨着他们，毫不低于他们的风度与语气的果然是雄雄、熊熊、雄起，了得，了不得！

数国合拍了影片《刺杀托洛茨基》，最后的杀手是阿兰·德隆扮演的靓仔，电影里的杀手的刺杀任务，影响了靓仔的性生活。WM明白了，为什么他的关于雄雄的梦境常常牵扯到风马牛不相及的阿兰·德隆先生，牵扯到托洛茨基的人、文、言语与故事的骇人听闻。

二十二、众神的黄昏(续)·唉,雄雄!

这时梦中的深邃与模糊的乐声奏起,满口俄语的中式雄狮大熊熊、小雄雄,健步跃上了80厘米高演讲台,他的俄语,WM突然听不明白了,转瞬间大家的俄语程度从博士后降到幼儿园前。WM跳上讲台,根据托尔斯泰时代俄罗斯贵族讲法语不讲俄语的传统,WM用高贵的法兰西语喝道:"Parlez Chinois,s'ilvousplaît!(请讲中文!)"

雄雄丝毫没有被WM镇住,他做了一个剔牙的口腔动作,往外吐了一口口水,轻蔑地说:"我们的同行不会使用创作自由,有了自由,不写人民的疾苦,只写海滩上的爱情。"

一片哄笑。然后是一个尖厉的呼唤:"因为有人爱不了情……"

笑声和掌声响作一团,几位女生落了泪。她们说:"人生长恨水长东!"她们说:"天从来不作美……多么伤心。"

然后一个又一个躺下了,融化了,漂移而去了,后来屋顶与屋顶上高高的浮云也消失了。

然后,雄雄也安静了。WM比起从来不做梦的前三十年,似乎是更清醒了。

WM清醒地想到,一通走火入魔之后,雄雄在异国他乡获得了首先是"大神"、其后是"笨人熊老大"的称号。雄雄被洋媒体提问:"为什么你的预言总是错误的?"

雄雄笑了,他从口袋里掏出热心的读者来信,来信称雄雄为"青天""包公""大侠""呐喊强音""搏击冠军""重炮手"。还有一封信称雄雄是"无预设追踪超音速导弹",含义不详。雄雄给记者朗诵了这些来信,分明稳住了阵脚。

这个,在越洋的一次聚会上,雄雄听到国内的情况,说到超市办得越来越多,日用商品越来越丰赡,他瞪起眼睛问:"这怎么可能?"

异国他乡,雄雄没有得到机会取缔海滩恋情写作,却责备了关注欧洲足球锦标赛的年轻"流亡者"。

WM多次听到国外的不止一个中国留学生说,某年7月底一个晚间,刚刚得到了一个大媒体的聘书以后,雄雄在电视直播集会节目中以预言家的身份改了四次口,预言中国异议者的胜利节日到来,从两年以后必胜,提前到一年,然后是三个月,然后是两周之内,他激动地宣扬,最长两周14天336小时内,异议逃亡者们将大获全胜。

……雄雄（五笔型同码是"非驴非马"四字）为此丢了洋媒体的干（挂名）年薪两万（或更多）美元的顾问聘请。他经常收到粉丝们的致敬信，据说这样的信他前后已经收到了近千封。靠这样的信，他活了一天又是一天，一年又是一年。

　　大神雄雄，1925年出生，1944年入党，1987年被开除党籍。1988年受邀到了国外，最后2005年再回来的，是他的骨灰罐儿。

　　为什么，为什么，他走了这样一条路？他大体已经淡出，淡化。

二十三、大神的戏码

梦后分外清醒的WM，继续思考：大神的本事，大神的学问渊源有两方面，一个是他的俄语卡片，上面写满列宁的名言语录原文。一个是苏共二十大"解冻"后的苏联文学，特别是昙花一现的特写作家瓦连琴·乌拉基米尔洛维奇·奥维奇金关于"干预生活"与"揭露阴暗面"的爆破性文学与社会主张。奥维奇金老兄的出身是苏共政治工作干部，富有鲜明性战斗性与决断性，尤其是令人产生满足感高大感的力能扛鼎的上高纲戴大帽子本领。

雄雄在中国，他有志青出于蓝，胜于蓝。

大神翻译过11篇作品，10篇来自苏联，还有一篇从俄语转译的匈牙利社会主义时期的作品。大神55岁以前，大体从没有见过接触过资产阶级与西方价值观人生观社会观，大神的被称为"自由化"的这个本能与理论的来路、背景、资源……别开生面，唤起的是特别感、意外感与荒谬感。

80年代初期，WM听到过一位长年梳着少女发型的报告文学作者小申问雄雄："熊熊，喂，雄雄大兄，你介入了海运学院的人事纠纷，著文点明了每个人的是是非非，为此闹得天怒人怨，至今不可开交。你去了南方特区，你'叮当午巳'揭露了特区领导班子内部改革与保守派的斗争，为此你捅了马蜂窝，你所认定的那里的保守派与改革派都视你为仇敌，说你是傻子和疯子，说你是到地儿两分钟就选边站队的愣头儿青……你再也不能到那边去了。然后你写了东北的问题，你从此再不能到东北，你写了华东，你也不再好走江浙……这样下去，你哪儿都去不成了，怎么办呢？"

这回WM看出了大神的朴实率真无邪无敌无畏，大神想了想，返璞归真地说："还有华北山西河北太行山嘛，还有西北陕甘宁青新，还有西南和中南，我们的国土很大，再说华东还有福建，还有江西，还有山东，还是可以有地间儿去的呀。"

这是唯一的一次，WM甚至于觉得笨人熊老大耐用耐磨耐修理，他应该算土产耐用耐耗的易耗品。

嗯，小申说的倒也是真的。有几年了，雄雄成了熊青天。据说一位女科学家，来找他，说到她的一个非常冷门的科研项目，没有得到立项支持，她的课题启动不起来。他们谈了四个半小时，老大从口袋里拿出所有的人民币，给了女科学家,当天晚上他的文稿就写出来了,他痛斥有关领导的愚蠢、无知、低能、保守、官僚主义,他歌颂妇女科学家的光辉、天才、创新、苦干,雄雄认为终生未婚、课题立不上项的中国女科学家,如果机会到来可能成为法兰西玛丽·居里夫人、大不列颠洛夫莱斯伯爵夫人与中国黄帝夫人嫘祖。他还引经据典说,如果成吉思汗配备了电话电报与静电棍,究竟会带来历史的进步还是相反?如果我们的各级科学院哪怕只有11%被成吉思汗式的骑兵所把握,那么,那么会发生什么情况呢?他的所有的友人都瞠目结舌。外国的科学家都出了声,对雄雄怎么能信口对专门的科学学科课题置喙感到奇怪。

雄雄壮而雄,连夜捅窝蜂,一捅三个洞,一捅八面嗡。蜂疯轰嗡风,蛰出血与脓。

手挥一管笔,机关枪嘣嘣。万事明白透,豆腐拌小葱。生杀并予夺,一目了然清。

三分钟断案,十分钟包公,三下五除二,吹号打冲锋!杀得天昏暗,骂个乱哄哄。

倒也能解闷儿,直如大炮轰。大炮砰砰砰,雄雄嘣嘣嘣。再放燃烧弹,雄雄八面风。

你说他聪明?活活愣头青。你说他犯傻,走哪(儿)

哪（儿）刮风。究竟他算啥？谁也说不明。

三折两折腾，也算过一生，动静不算小，情理实不通，虚火抽薪罢，且送君一程。

WM常想，雄雄面对过的纠纷歧义、各界各案件各官司各班子各人物，换了真管事的有司，派一个调查组，组织五六个到七八个老到之人加一两位文秘人员，调查上半年一年半，有时也未必弄得清楚各种不同见解、不同角度产生的歧义。不妨说，您组织上一个论坛、请上250位中外专门家、研讨上几天、整理出上100页论文汇编，通报党政群团各个方面，也仍然未必能做出结论定案。怎么到了雄雄那儿，喊哧咔喳，噼里啪啦，该处决的处决，该授勋的授勋，硬是能够招尽活儿齐呢？

1980年，WM越洋访问，遇到西方一家大媒体的台湾背景编辑，该资产阶级编辑根据资本主义新闻理论与新闻规范问WM说，雄雄这样的"强人"，怎么能在大陆的媒体做事呢？

WM笑而不答，心想，孔子早说了，"君子中庸，小人反中庸"，还有："过犹不及"。庄子则明白"大言炎炎"。大话说出来，可能凶猛如火焰，乘风燃烧着扑上来。

1989后在异国他乡逗留并反对关注欧洲足球比赛的十多年，雄雄有一次想介入、也就是干预异国他乡的大学集体。

他为一位台湾背景女教授女作家打抱不平，他要揭露西方大学生活的黑黑黑还是黑。他愿为之代言的台湾来的女教授警告他："你少耍你的那一套，在这里，早就会由于诽谤罪而蹲监狱了。"

总算到了他心目中的自由之乡，他的隔海多言放炮获得了不少掌声喝彩，他自己也得到了一些美丽头衔，同时他总算在自由之异乡为自己大嘴巴自愿贴上了封条。然后继续隔海发功，继续努力在故国维持他的渐行渐弱的强势。

他是记者，他一辈子没有当过哪怕是村干部、小组长，没有干过一件柴米油盐酱醋茶的小事：

不接地气闹天气，语不惊人死不休。哪怕鼻青与脸肿，行侠仗义雄赳赳。

愚"忠"愚勇小傻瓜，自有粉丝下跪夸，任性随心夺魂蛊，信口开河牡丹花。

雄雄其人很热情，雄雄论事甚不明，一阵风来一阵雨，稀里糊涂气冲冲。

雄雄其人狠劲足，大帽（子）满天声气粗，有意救人除妖孽，砍的砍来诛的诛！

可悲的是他长大后没见过国民党，他少年时只见过满伪、日伪。他做俄语列宁语录卡片的结果是跑到海峡东面一隅，表示他要前来向宝岛当局学习。他想见那里的一位抵抗型写作人，人家拒绝他的腔调，更拒绝见他。

毕竟也有不少人崇拜他，WM听到一小帮子并不好侍候的老少爷儿们，华侨或者港台对中国大陆的一切看着不顺眼的人士，在上个世纪尚没有机会亲密接触大雄雄以前，以"二十世纪的中国良心""知识分子的典范"之类字眼称颂雄雄这位兄台。雄雄深感受用。

歇菜吧，安息！世上好多事，硬是拧巴了一个6够，我们的富有喜剧色彩的经常搞错的悲愤大神子。毕竟WM夫妻当年给你做了那么好吃的炸酱面，光装码子豆芽黄瓜菠菜芹菜青萝卜白萝卜变萝卜胡萝卜的小盘儿就十几个，你也一直感念不已。

WM其实最早就见过雄雄了。1951年，WM在一个区做新民主主义青年团（简称青年团而不可以叫新青团，1952年的团代会上决定更名为共产主义青年团，简称共青团）的工作，雄雄应邀去本区的一个教会女中做报告，讲雄雄参加一个新闻工作者代表团访苏归来的感想。WM记得雄雄讲了作为苏联民族团结图腾的第聂伯河水电站，它建于乌克兰，气魄宏伟惊世，又讲了二战后刚刚动工的古比雪夫水电站的大规模施工景象。雄雄还讲到在斯大林英明领导下苏联青年的口号：

"赶紧生活!"太伟大了,一个词叫生活,一个词叫幸福,一个词叫青春、少共(CY),还有一个词叫作太阳、光明,而更伟大的词是赶紧,紧赶,中国的一位领导人最爱说的两个字是"鼓劲";打死当年的国民党,他们连一个打动青年的好词儿都没有,他们是一群什么样的酒囊饭袋活尸垃圾呀。

教会女中的团总支部汇报说,团员聆听了雄雄的报告,没有人在意他的苏联见闻与观感,女中学生为雄雄的风度形象爆雷、击电、倾倒。

雄雄啊,此后你有意无意地发展膨胀起来的单纯单一秉性,还有你的自以为是、口比天大,你的想当然,你的荒谬绝伦、你的傻劲冲顶、你的惑昧混乱、你的孜孜以求、你的屡败屡战、你的大帽子、大命题、全称肯定判断、全称否定判断,白浪滔天、电闪雷鸣、打打杀杀、淋漓尽致;你的自以为对文学、对政治、对本土、对外国、对海峡、对断案宣判事宜的热衷、激情、天赋,其实是天大的误会,是可笑的罪过;你以你的三龄童、四龄童、最高是五龄童的童心、思维模式与充当救世主的自诩——外籍人士争说的是你的"使命感",这到底是怎么造成的呢?20世纪80年代,你给你心目中的坏人定的性是"妖精",这算童话还是神话呢?你几句涉嫌性别歧视的空话就要了人家的命。你投合了利用了特殊年代带来的压抑与戾气。你一方面说你的性格懦弱,自称这从你写的毛笔字里就可以清楚地看出来，你同时一张口能做到泰山压顶，呼风唤雨！莫非你的大言惊世首要是为了给自己壮胆？你一辈子仗剑除妖，你是除妖队的行刑者，你是灭妖大王。你是什么时代什么倒霉地界儿的奇葩呀？

安息吧，我的天！

二十三+、加进去的一个噱头
1981·1982·2023年10月

在《十月》杂志的季编辑看此作稿件的时候,她到了南宁,与她通微信时WM说:"《蔷薇》第一节就是写的南宁啊,与广西套套磁(似不应是瓷)吧。"WM想起了往事,1981年底到1982,他与雄雄应中宣部主要领导之约先飞到了桂林,再到南宁与领导汇合,领导特别向二位写作人推荐了一位南宁的青年女劳模,希望能写写她。一接触,得知了另一位大姐劳模与青年劳模的矛盾,大意是,二位同工种先后评为劳模,媒体宣传青年先锋时把此前姐姐劳模的先进事迹硬是安到妹妹身上了。WM在城区做团的工作多年,对这一种类似"争功"的人民内部矛盾、先进人物内部矛盾,十分熟悉,立即接触双方,尽力疏导协调劝慰和稀泥。雄雄则毫不犹豫地喜妹憎姐,天天与青年女工一起研究该中年女工的或有或无的缺陷。雄雄的选边站队很有贾宝玉气质,近青远老,判断是非听荷尔蒙内分泌的，日后更加流行的说法叫做"跟着感觉走"。中年劳模多方申请与雄雄见面，要当面"汇报"。雄雄倒是没有说过不见或少年好老了坏的判语。但是他对WM说，第一，时间太短，数天后要乘火车转桂林飞京，他实在没有时接待年长的劳模了；第二，他这几天一直与小劳模与她的密友们接触，他与她们对年长劳模的狭隘自私缺陷取得了共识，做出了结论，这时又与美好小劳模的对立面来往交谈，似乎不太局气仗义。"我的妈呀！"听了呼风唤雨、撒豆成兵的大师雄雄的逻辑，WM几乎晕过去，再劝，不听，再再劝，再再不听，WM绝望了。在南宁与中宣部领导与广西领导一起过了新年。二人上火车走桂林时候，火车站站台上出现了一群女工，要求向雄雄当面"汇报"。幸亏有维持秩序人员帮忙，雄雄总算没有误火车。那次，WM对雄雄算是彻底服了，服得不仅是五体投地，而且是分裂破灭，四脚朝天。WM问编辑领导："要不要把这段噱头加进去？"只用了1/10秒时间，编辑回答三个字："加进去！"

二十四、另外庭院——北方的冬天

然后在 WM 梦中的又一个庭院，应该是第十一个庭院梦境里，WM 回到了 1935 年，他出生的第二年。法国警察押走了两年前获准入境的斯大林政敌托洛茨基，宣布为避免左右两翼政治斗争的尖锐化，托洛茨基必须到距离巴黎 300 千米以上的地方居住。后来，托洛茨基到挪威去了。

又后来，托洛茨基到了墨西哥城。在他的生于斯、死于斯的故居里，插着永远降半旗的镰刀锤子党旗，挂着他与列宁的合影。国际政治是复杂的，也是怪异的，是易于出错与出昏着，以致招来万劫不复的败绩，外加摆不脱的杀身之祸的。墨西哥城托洛茨基故居的几个管理人员，男生一律穿西装不打领带，不系衬衫最上的纽扣。托的卧室，窗外护板与室内相对的墙壁上，筛子般弹痕累累。

回首往事，WM 禁不住想起南斯拉夫的铁托与他的亲密战友与后来铁托的政治对手德热拉斯。德热拉斯被铁托关进了监狱。代表德热拉斯的政见的是他著的书《新阶级》，数十年后，中共中央政法委员会理论局出版了这本书，并将德热拉斯的姓名改译作吉拉斯。

而梦境庭院里还有隐隐约约的布哈林讲授《共产主义ABC》。2023WM此梦入梦以前60多年，即世界的20世纪60年代，WM也关注过布哈林的事。后来布哈林在"大清洗"中，在维辛斯基·罗斯托夫总检察长"没有证据也可以定罪"的"新法学"理论指导的审判下，招认自己是英国间谍。布哈林被处决，同时遗言：他的血是为了主义而流淌。再后面是季诺维也夫与雄雄。WM耳边响起了极富音乐感的俄罗斯语浪花。WM梦中高呼：乌拉！乌拉！乌拉！WM梦中妄想，维辛斯基如果也写作尤其是也写报告文学的话，会是什么样的作家，获得什么样的中国文学奖项呢？

底下一个另外浑不似院落梦境是社会民主主义的——北方？大家都穿着深色英、法、意式套装，打着紫色、黑色蝴蝶领结、黄底黑道道与偏紫色领结。乌拉大喜讯，威哇（意大利语"欢呼"）极乐人！端端兄恰恰正期待着出席国王与王后陛下必将出席的颁奖大会。

亲爱的端端今晚打上了深红色蝴蝶领结。喜气洋洋，他当然已经开始了自己的预演。

今年的大奖归你，你以为。他她……尤其美国笔会秘书与德国自由主义媒体人都如是说。人人都以为幸运儿是老弟你。有投票权的新任汉学家院士也放出了风,谁知道?给不给中国人发奖,给哪个中国人发奖,突然多多少少地变得引人入胜。

打从20世纪80年代,小二十年,西欧北美,文艺界新闻界外交与政治家特别是高校教授们都热衷于透露给WM:"你们的忧伤剧作家端端将要获得国王与王后颁发的'惊天'大奖。"

WM频频点头,他也不能不佩服,他也鼓掌,那是北方的奖,这么多人在说。要不就让人家快快颁发,让该得奖的才人,得了这个奖吧。发的争着发,得的盼望得,如此这般,好哇,世上的事尽可能你好我好他好她好、往大家都好的路数上调整吧。岂不更好?

也怪了,命运的特点在于,越是说你如何如何,或者你说如何如何,最后一秒钟,命运的现实化就越是跟你较劲掰腕子,让你不得如何如何,让你就是不得已,不得以,做不到,够不着,只差一厘米。中国国家外文局聘用的英国专家曾经幽默地对中国同仁们说,大洋那边有几位老爷子,他们面对着全球的文学与作家,他们老几位每年找一个人领大奖。英国专家问:"中国作者们怎么会这样重视这几位老爷子发的奖呢?你们是想着获得'儿童文学奖·文学儿童奖'吗？"

英国专家口里，突然出来了"儿童"与"文学"一或二词。英国专家他是觉得国人作家有点小天真吗？WM体会，英国专家的含义是：反正给了这位就不给那位，反正得不得奖你还是写你的书、出你的名、受你的议论、拉你的饥荒、得你的稿酬。在源远流长、博大精深的古老中华，你们犯得上那么天真期待吗？

反正都愿意得奖，反正得不得奖并不能决定作品文学史上的意义，反正除了体育上的奖，别的奖的名次都不好说。中国有"文无第一，武无第二"说，绝妙无双！李白与杜甫，哪个是第一呢？而武战中的第二，请问，若是第二名没有倒在第一名的武状元手下，其余来你这儿练的，又都已经倒在你的手下，你能被公认为是杀人的亚军吗？

好在端端的剧作已经获得了相当的成就，就让我们开辟一个院落，举行一个动人动心动情、同时可能临时生变的颁奖心领仪式吧。

二十五、美国笔会秘书她早知道

梦中的院落太多了,也累得慌。要不咱们醒一会儿?

WM佩服端端自己写出了、发表了关于20世纪末N年的那个夜晚的纪实散文:电视台记者全副武装,在端端的住处做好了准备。然后科学院老几位,宣布了:得主,偏偏就硬不是、愣不是、必须不是——端端。

偶然睡着了,WM也不会忘记,199N年初夏,纽约,夏天,美国笔会秘书已经耀武扬威地向WM宣布,今年端端获北国大奖。WM回应说,据他所知,北方的科学院老几位的评奖是封闭进行的呀,WM这样说客观上是对北方S科学院的敬意。秘书妇女强人侵略(扩张)性地信心满满地声称:"我知道!"不知道是不是她另有北方国王陛下那里连线的信息渠道,女秘书她的牛劲与东方中国的雄雄能有一拼。WM笑了,说那也好,小把戏嘛。

想想看,第一人称即WM说不知道,第三人称发奖者说不可能说给任何第一人称WM或非WM听，其他第N人称中没有谁发布消息；那么第二人称唯一即秘书怒（她的尊称式）早早知道，那就先听第二人称怒您的呗。

她问WM对得奖的态度，意欲听到愤怒、抗议、政治化加个人羡慕嫉妒馋加恨。WM当然回答"我祝贺"，说得轻松愉快。又问为何祝贺？真是威风啊，她以为一问中国人至少问哑8个，问下去说不定能以问死2—3名了。WM说那么多奖金多好啊，如果是第二人称的怒秘书得了，WM不是也要同样地祝贺的吗？糠客锐求累神（英语"祝贺"发音）——您钢笔俱乐部（笔会）这位秘书夫人，您也写东西吧？

怒（她）继续穷追猛打审讯：中国作家对端端可能获奖会有什么反应？WM说："那就各不相同了，有人会不高兴。"第二人称秘书淑女立即两眼放光，电光石火，瞬间成长为小号探照灯。再问：为什么会"有人不高兴"？说到不高兴该是何等大逆不道哇！秘书怒两目，略露杀机。

这时WM的蹩脚英语突然说得十分漂亮，他潇洒地说："难道你不知道？作家，有几个不认定他自己或者她自己才是最好的那一位，才该cover包圆所有的百万硬通货奖项呢！"

到了199N年冬季，中外都有人有根有据地预约了预备了得主端端，北方科学院老几位偏偏牛了一大招，谁说了也不算，人家第三人称的复数北方"抠里抠"（college，科学院）

蔷薇蔷薇处处开   123

说的才算：端端，今年绅士先生你，没戏了。

于是，你走到冷寂的街头，你看到一只孤单的狗。

妙。获奖好比家门口放响一只二踢脚加满天星，那是洲际多弹头导弹的最早雏形。无奖好比命运女神轻轻弹了一下你宽阔的上额，在微信里拍了拍你的头像，然后女神低头吻了一下你的手。大张旗鼓、勤劳好事的记者与英勇无敌、睥睨天下的不止一位秘书，领教了北方老爷子们的软实力。你再自以为是，你再说"我知道"，嘿嘿，您不算数，您嘛也不知道。

端端本人淡定地保持了幽默与从容自嘲。从此可爱的端端心平气和、云淡风轻、宠辱无惊、我行我素、行如浮云、止如落英、笑如涟漪，得不得奖其实差不多差不离。

蔷薇蔷薇片片开，
这片不开那片开，
开与不开 let it be（随他的便），
聊供一笑唉哟喂！

是的，另外一位留了小胡子的青春文士，多年被博彩押宝、被人五人六报信，说是即将得奖。于是可怜人头发由黑变白，作品由多变少，阿尔茨海默病由无变到沾点边边儿，多年前做好了准备也走漏了消息了，与端端一样的命运；WM很喜欢他们一家人，包括他的太太和作家女儿，但愿老弟台早日康复活力。

还有最初没有掀起浪花，后来那一年当真得到了嘛奖的幸运儿。网海中一些天知道什么人的黑粉们激动起来了，他们对幸运儿的关注远远超过了疼爱大奖得主的红粉。黑粉们时时准备贬低声讨清除获奖者以立功邀功。另一些人板起脸来责问幸运得到奖者是否能做到认同、实行、推广、投身、献身、皈依北方凛然的神圣绝对价值。也是在审问："你能听人家的吗？你有那么乖乖的吗？你懂拉丁语吗？"

还有内媒追问："准备移民了？"得主拍着腹肚回答说："不，出去吃不下西餐。"雅雅问来俗俗应，大风大浪眯起眼睛。有点火候了。

还有新入戏的，三锤子两棒子，伦敦博彩游戏的风水转到愁怒这儿来了，赶紧与帮助过愁怒的师友拉开距离。

　　文学本少戏，文学甚少星，文学冷板凳，写作苦伶仃。

　　影星与歌星、球星与笑星、舞台与荧屏，新星白发星，都比作文红。

　　幸有气粗奖，通货不扑空，得得亦一笑，快哉一股风。

幸有封闭墙,绝顶保密功。想他不是他,说卿必非卿。妙在多变数,搔痒(儿)搔得疼。搔痒(儿)不稀松。

咪咪再崩崩,文学也折腾!没事儿(它)找事儿,围上就嗡嗡。嘲弄完俗鄙,自己瞎哼哼。文学走华盖,文坛乱哄哄。文学押上宝儿,就怕不飘红!

蔷薇蔷薇处处开,蔷薇不开又何碍?老等老等没等到,苍鹭等着叼鱼儿来。

按:苍鹭又叫灰鹭,脖子长10厘米以上,它静静地在浅水里等着鱼,可以一等几个小时,这个物种应该获得银河系耐心奖。河北雄安白洋淀这边,乡下人亲切地称之为"长脖老等"。"长脖老等"一词,八九十年前,在北京,普及于小学男生群体,用于嘲笑一切伸长了脖子期待而等不来的可怜人们的人和事。

而例如另类写家翩翩、呼呼呼之类,他们相对平实或通俗级趣味,从来与长脖老等国际大奖无关,他们从来也没有认真地等待过什么。诗人鸣鸣则是性情之星,也没有等待过这玩意儿,鸣鸣道法自然,也还得到一些国际学人的荣衔。

有歪诗咏可怜的翩翩:

此生多即兴，全凭肾上腺，陡然出风头，蓦地很扯淡。

但迷欢喜佛，更喜舞翩跹。舞伴能贴面，还有啥可怨？

食色皆性也，翩翩还划算，前半场亏损，后半场灿烂。

有人吃大葱，有人爱大蒜，加上油盐醋，美美N碗面。

有人与之狎，有人与之干，往者尽已矣，来者都不善！

稍息。他的事回忆不尽。

二十六、绯闻与念联副副

翩翩20世纪50、60年代被错划劳教得热热闹闹。1966，动乱中他居然蓦地呼风唤雨，神神道道，如同憋闷中偷吸（偷袭）了一口大烟。然后明确获知他不属于造反有理的人民群众。即使如此，他也闹腾了两下，游戏痛快了一周。老子李耳说："飘风不终朝，骤雨不终日。孰为此者？天地。天地尚不能久，而况于人乎？"1957—1978年，翩翩的"问题"屡屡获得加码添刑增彩的理由。

即使如此，他关于自己某个特殊年代患病，被误当作死尸抬入太平间，冻了一夜，第二天诈尸复活的最戏剧化最感人的故事，被他的同城好友揭发实系捏造，为了赢取女性读者的怜悯的眼泪。对此，翩翩他的逻辑是，他从21岁历经21年，每年受1种苦，共受了a—u折合21个字母的苦，现在加上并没有受过的v—z即最后5种苦的，完整凑足英语26个字母的苦处，应该说是相当靠近真实，可以不算造假。

然后是十一届三中全会，第二次解放。翩翩老弟，从经济学论文到《李老汉和一条狗》、飘红火热，明星速成，超音速发展壮大，紧接着到处被鼓掌欢迎，打趣笑骂，35年一觉文坛梦、级别梦、野鸳鸯梦、发大财梦，赢得翩翩然薄幸名。骂得越厉害他越过瘾。他知道，在饱受笑骂的每顿酒饭上，他才是真正的主角，是众人尤其是异性的注意中心。没有人会记得付账的那位，没有人会注意级别高的那位，甚至也没有人注重得不得北方奖的那位；人们记得的是珍禽异兽凤毛麟角翩翩男，注重他作为开胃小菜与饕餮大餐促食剂与双歧杆菌三联活菌肠溶胶囊调理治肠胃菌群失调症的重要作用。

在一个大学的国际讨论会上，翩翩听到一位具有一官半职的中国作协领导之一的同行发言中说，WM是一位明星，而且是一位没有绯闻的明星。会后他向一批女作家略放厥词："……没有绯闻还想写好小说吗？我要批判这种道学教条主义。"

一些女同行向WM报信。WM一笑，知道翩翩无非是骚以求怜。等到翩翩大会发言的时候，一个是大讲他来此地时乘坐的飞机是何等颠簸，他声称，为了对WM的义气，他是乘拖拉机颠到此地来的。第二，他说WM还有一些作家中的正人君子，是不需要绯闻的，他们得到了大地上最好的女性的宠爱。而另外一些人（指他自己），"他们被冷淡、被忽略、被压抑、被抛弃、被背叛……难道还不允许他们有一点点绯闻吗？"他说得悲从心来，声泪俱下！

2000年翩翩发现一本杂志发表了批判他的文章，一位作者是他所在地域的一位中学教员，另一篇则是另一位他并不服气的比他只大一岁的作家同行写的，一发两篇，笔名一个是吴不胜另一个是郑鹊极，两篇批判文字的标题与作者赫然出现在杂志封面上。他忽然明白了李清照的《声声慢》："凄凄惨惨戚戚"，"独自怎生得黑"。他不知是表演还是真犯浑地发挥道："李清照生得黑，你们听明白了吧？女人长得黑怕什么，有男人疼就齐啦！"

他的特殊贡献之一是提供了靶子，使一些力谋新进的猛人有机会摇旗呐喊，打打杀杀。

翩翩病后WM再去电话问候，翩翩再两次千叮万嘱："我的肺癌与吸烟毫无关系。"看来，令他最后仍然感到不安的是WM可能借翩翩的疾患宣扬吸烟的害处，提倡煞风景的健康规范。

一个文人相信宣传报屁股上的生活常识与卫生规则，就会如此讨人嫌吗？WM不免也有点不安于"长得黑"了。

翩翩兄作古于2014，到2023已经第十年。WM2023年写起《蔷薇蔷薇处处开》，兴起了对翩翩弟台的怀念，嗟叹痛惜不住，一旦想起，仍然忍俊不禁，就是说一想此公，忍不住与他调笑、与他斗嘴，乃至小有挖苦、多有宽容，一肚子文辞段子笑点开涮。辞世9年过去了，为小翙子，WM补撰几首挽联吧，称之为"思念联"，淡化他99.9%的沉痛，保存上夸张上翙翙大作家兼小无赖的寻开心、巧开心、穷开心、死开心。稼轩《清平乐》有句："最喜小儿无赖，溪头卧剥莲蓬。"无赖可能包含怨嗔，无赖在这里与极赖无差别，也常常是宠溺甚至有打情骂俏、我的冤家啊的情谊，去世9年，藕断丝连，也是交情一份。

WM给翙翙的首副异体（思）念联是：

蔫了廿多载，藏头缩尾，毕竟坚持不懈；
火喽三十年，灯绿花红，应说浪漫超群。

然后诸联有：

经蹬经踹，经盖经铺，翙翙浊世界佳公子也；
经拽经拉，经洗经晒，落落榴裙边赖暖男乎？
受苦得其乐，蒙哀获其欢，君岂包孬种？
逢凶化之吉，遇难呈之顺，尔自吐气扬眉。
大千世界、天地玄黄，狼男虎女，西门东施，诗词歌赋，兄莫非搅屎棍——火烧火燎？

蔷薇蔷薇处处开　131

什佰人杰，海山青碧，伟牡柔雌，南国北域，起伏招摇，弟岂是安心人——云淡云轻！

更可喜的是收到了《看剑楼主拟联悼翩翩君》（12副），作者西安诗词名士，文友王锋先生。

垂垂老矣，虽余勇可嘉，捏揣惟余空包唉；
翩翩去也，曾来日堪待，奔腾只是实干功。

WM跟上：

当当响也，谓大志无边，纵横捭阖先下手；
吁吁娇哉，曰闲情有术，温柔甜蜜要抬枪。

楼主又道：

白发犹自磨杵，一世之操劳何憾；
乌云不曾蔽日，平生其块垒如烟。

固有佳节也，表里如一，昂昂乎久为直中直；
终无俗态焉，真实不二，翩翩然挺出天外天。

虽非纵横家，深谙进退理，舌兵出入列国城阙真如平地；

咸云文章伯，岂是油腻哥，椽笔摇撼一天星斗洒落人间。

翩翩者谁，爱过恨过挺过耙过猛过怂过，过后般般归眼底；

戚戚然偶，慕之敬之怅之憾之叹之惜之，之前种种到心头。

所以悼公者，浊世佳声岂可仅浪垂于夹缝天地；

必然传后也，精心美作多能令风传其牛逼人生。

磊落不拔，曳尾于众香国里何其畅也；

风流之至，收官在翠柏丛中依旧翩然。

检点平生，君真健者，似未放春秋佳日一朝一夕过；

取次花丛，游必蓬户，再难有风雨故人寸丝寸缕来。

壮岁如牛拉风，时昂昂乎牛头勤耕雨脚遍；

平生跑马枕戈，终翩翩然马蹄倦踏月明归。

草深何极，哲人其萎；
鸡鸣不已，翩然随风。

厕身于众粉队中，必遭人嫉，岂惟因郎君玉面；
昂首乎高唐云里，饱经天磨，终未教群丽灰心。

红尘似皆言，识君已属三生幸；
黄泉若自顾，处世必有一日长。

WM赞曰：

我瞅着，已经热热乎乎，为故事添姿增色；
您说呢，不过随随便便，乃方家任意奇葩。

WM还吟：

后来活得翩翩，写得翩翩，爱与乐得闹得翩翩，大化糊里糊涂，何须认吸烟伤肺？
初起傻地杠杠、牛地杠杠、吹和叫地飘地杠杠，殡仪有模有样，毕竟是著文开心。

呜呼翩翩，你这一辈子说长道短，一言难尽。别后，已第十年，栩栩如生，音容笑貌仍在眼前耳边身际，翩翩何在？翩翩何往？翩翩何方何言，一去了之，何其速也！时至今日。你小子仍是写作之题，谈笑之题，回想之对象，叹气之主角，挨骂之宝贝。

文友们没有忘你，社会没有排斥你，也没有苛责你，大家对你还是厚道的。小儿翩翩你没有白活呀，你这家伙，哇！

二十七、蜂蜜缘

共同出访的郝好与劳军,后来也见着过。郝好1987年退休回到湖南故乡,在本村盖好了农家院,修起很大的鱼塘,休养生息,与世无争,日出而作,日入而息,安分守己,平淡顺遂。他养了些鸡鸭鹅,给从城市来的亲朋好友老领导动辄提供家禽禽蛋。

劳军退休后致力于养黑色蜜蜂。1999,WM到劳军所在城市,获得了劳军赠予的一罐子蜂蜜。回京时WM早早起床到机场,手提蜂蜜罐。

那时美国还没有发生"9·11",全球航空安检远没有后来那么严密,机场人员只要求WM用茶匙当面舀一勺蜜吞咽下去证明蜂蜜当真就是蜂蜜。不巧的是赶上台风北上,连续两天在机场从早6点干等到下午5点,宣布航班取消,赶回宾馆再等。直等到了第3天接近中午了,才宣布登机,准备起飞。这样,WM连续3天,清晨6点,必吃一勺蜂蜜。也算人间奇趣，友谊佳话。WM越发体会人生的喜乐般般，友情的天上地下，不拘一格，咋活咋顺。

还有一位，不说他或她吧，奇异的是在WM离开了领导岗位以后，他或她希望WM帮助您怒担任一个有基金会的单位的第一把手。他或她的思路离奇，认为WM有能力起用人员，然后终身抱怨WM不帮忙。作家的文学逻辑，真有绝的，真有神的，真有邪乎的，真有与俗鲜谐的，真有迹近错乱的。

一撇一捺就是人，那人偏不是这人，人比人能气死人，莫名忌恨算啥人？

二十八、庭院忆连连（续）·
考证晏几道的《临江仙》

思前想后得累了呢，迷迷糊糊再进梦里的小院子。

老来多梦意绵绵，喜笑悲辛亦可怜。明日黄花明须尽，今朝尴尬迄未还。错将糊弄夸骁勇，也曾大话欺良贤。一番聒噪寻常事，犹有佳言在心间。

又一个庭院打乒乓，陈梦、孙颖莎、马龙……容国团与孙梅英，还有谁记得姜永宁、邱钟惠、林慧卿？瑞典的瓦尔德内尔，德国波尔，日本福原爱都来了，WM上前打了两拍，笑着狼狈逃窜。再下一个庭院在写诗、诵读、赛诗，出偏题，答怪题、诗坛奇葩、知识怪杰，四处涌动，除了真正创造性的诗心诗意创意之外，这里什么都有。再再下一个庭院灯火通明，欧阳修、辛弃疾、曹雪芹描写过的上元灯火风火迷人醉人,"红楼"里的头一号正面人物甄士隐女儿英莲,就是在如此这般的上元灯火中走失的。

再再再下一个庭院里是晏几道的《临江仙·梦后楼台高锁》场面。半醒过来,WM想起了2023春节期间写下的对此词的评点与感想。他在梦中见到网霸,网霸诗词霸告诉WM:这首词写的是晏几道与四个他喜爱的女子的关系,写了晏几道感天泣地的私密情史。

WM在做梦,人在做梦中读诗加点评,这还不算完,WM梦中上网查百度与谷歌,查微信与360导航,这真罕见。而且,梦中,WM还在感想,三苏也好,二晏也好,他们没有电脑手机,他们碰不到比尔·盖茨与华为、三星,也从来不参加央视的诗词大会……这次梦中上网的事迹,埋伏着什么奥秘与奇葩神招儿没有呢?

晏与四位女友?情人?这样说,WM是错了吗?他只知道晏几道与头一年见过的小苹的故事。

梦后楼台高锁,酒醒帘幕低垂。去年春恨却来时。
落花人独立,微雨燕双飞。
记得小苹初见,两重心字罗衣,琵琶弦上说相思。
当时明月在,曾照彩云归。

做完了梦，想到梦中见到的是你去年住过或去过的楼台，现在是一把大锁，冷冷清清。醒过酒来，眼前只有低低垂下的帘幕（我什么也看不到，我再也看不到你）。恨的是去年学生我为什么来得那么晚，已是春深花落，斯人孤独，倒是蒙蒙小雨里的燕子，双飞叠翼，活得甜蜜得很。

回想首次见到小苹姑娘你的时候，你穿着轻软的丝衣，透露着心形心香饰品，演奏琵琶，诉说了你的寂寞与思念。当年的明月还和当年一样地照耀在天上，你在哪里？你什么时候能像美丽的彩云一样，能伴着彩云，乘着彩云，重新回到我身边来呢？

解读（不愿意称之为翻译）到此，WM泪眼婆娑。

意蕴深厚的汉字诗词，像这首《临江仙》，也许可以做出数十种疏解，它的解读路数不会少于"哈姆雷特"。但更要命的是考证，是知人论世，尤其是"本事"。"本事"是什么？搞得不好是诗词的赘疣，搞得一般是根据仨瓜俩枣的妄言妄议；"考证"出来的也许成为一段真伪莫辨的历史文献。搞得好却能够成为与诗词比翼齐飞的微型小说，微型非虚构非小说，历史的素材也是文学素材，越历史就越文学。至于《红楼梦》的本事？够你拼一辈子命去投入，去发挥，去胡说八道，或从而成名成家成派系。

即使WM对文学解读考证保持清醒，他毕竟是中华文化培育出来的一个"秀才",不,叫童生也行。谦虚使人进步,90岁了不用再进步了,仍然要坚持谦虚。WM童生秀才,混沌梦里,能上手机电脑百度谷歌网络考查晏几道的隐私情史,梦里坚持学术科研与文史探秘,恐怕也不多见。几天后仍然忘不了梦中启示,小说人自是梦中多情,梦中多心意,喜爱做梦如喜欢登堂入室的乳燕,如喜欢湖上船边一跃而出的金鲤鱼。几天后还对梦中的奇葩恋恋不舍,依依不饶。WM甚至想向自己梦中咬牙维持的文艺学诗学热情与做科研性梦幻的能力致敬,兼向英国国际认证机构申请吉尼斯世界纪录。

呵,这应该是、必须是、多半是、一定是,又一场美丽的梦。

老来春梦亦多情,往事茫茫可再逢?悲喜端端寂寂去,沧桑再再翩翩中。画屏春色风兼雨,雁后归心晦与明,连环如玉耽佳句,谢罢新恩又一程。

(《临江仙》词牌,叫法甚多,此词牌又名"鸳鸯梦""谢新恩""画屏春""庭院深深""采莲回""想娉婷""雁后归""玉连环""瑞鹤仙令"等。)

情或真情或附庸,琵琶奏起意畸零,蹉跎一世岂无恨？眷恋三生竟是空！楼阁高高锁往事，仙词历历忆阿苹。

　　老来怀旧或伤心，梦里寻思颔首频，举步艰难千万里，成篇浩荡六十帧。悠扬畅快岂无误？潇洒风流更微醺，毕竟诚心相告诉，断肠人泣为此君。

（2023，将出版WM创作70年文稿61卷，此处以六十帧代61卷言之）

二十九、诗非诗，梦非梦

WM的头脑应该说还是够清晰的，虽然他是多梦者。近年他梦见过自己开跑车，法拉利，醒了之后觉得梦得牛。他梦见过歌剧《托斯卡》，自己成了乔治乌，唱起了《为艺术，为爱情》。对不起，他一直想与同岁的帕瓦罗蒂套磁结亲。醒了之后他检讨自己不宜忘乎所以，并且警告自己，不要想入非非，不要自我陶醉，不要痴迷膨胀。谦虚使人喜欢，膨胀使人厌恶。他不止一次梦到自己进入了一个院落又一个院落，最后也不知道是为什么与到底要进哪个庭院了。没有等到他完全醒来，他已经在"容色"上显出惭愧，嘲弄自己的连连做梦了。

其实小有得意，老帮菜了，还能做萌萌小梦，踏踏实实谢恩吧，您就！

但这次关于晏几道的词，他印象超级深刻，死活称这绝对不是虚幻的梦，这确实是科研，科研中的幻梦，幻梦中的

蔷薇蔷薇处处开

科研，是他对诗词研究与晏氏父子的钟情。他在写一本诗话词话，没有任何模糊摇动闪烁，他梦得单纯明快，梦中明明白白地上网，是查资料、是坐冷板凳、下死功夫，他要多做实事。他得到了晏几道有四个女友情人的提示，它没有梦幻的迟疑模糊动摇，只有科研的正道与呆木。

梦后他当真了，第一次是当晚，他蓦地坐起，如梦所启示的，他看看手机，是半夜三点过八分，他起来开灯，开动电脑，查晏几道的《临江仙》，然后又找出了几本诗话、词话类的书籍，一直到五点天发亮了，没有查出晏几道与四个女友的浪漫故事。

凌晨三点上网查晏几道的情史，这是科研还是梦游呢？作为一个小说人，能够将梦游与科研结合为一体，他感动得老泪纵横。次夜他连做不止一次的晏几道与四女郎之梦、查找之梦、分析之梦、文学史之梦、知人论世之梦、严肃认真之梦。

此后他与几个大学的古典文学老师通了电话，一周以后又到国家图书馆，借了一些诗话、词话、文学史类的典籍。嗯嗯，他已经证明梦里的科研确实找不到真凭实据，《临江仙》写作者与四个女郎的风流爱情说似乎是毫无根据，只有WM这样、毕竟没有受过正规文学高等教育的人，才会傻到梦里科研，信以为真的地步，用雄雄的话，"愚蠢""可悲"了。

梦中寻知知非知,梦里拾遗遗更遗。梦里相思犹可恕,梦后喋喋叹脑痴。

WM还想说的是:

梦里汹涌澎湃,心中柳暗花明,真真不妨假假,人设也有真诚。蔷薇处处春深矣,声急听密雨,天高沐长风。

倏忽河山笔墨,峥嵘日月纬经,七十载也唱鲲鹏!北冥有鱼……怒而飞,其翼若垂天之云。三江墨将尽,难了毕生情。

无论如何,晏氏父子的词作极美。

绝美辞章话少年,蹁跹风月解人难。沉吟爱恋原多事,今古同心也惘然。

三十、何哥哥等友

五年以后。何哥哥来过北京，WM与妻子一道陪她逛了圆明园。看到被英法联军破坏成了废墟的圆明园遗址，说起雨果对英法联军的谴责与对中国人民的同情，他们百感交集。他们在颐和园东门南侧一个西餐馆一起吃了饭，对这个西餐馆的餐品，实在难以恭维。但是餐馆里挂着一张外国政要在本餐馆内拍摄的大照片。这位大国元首级政要游完颐和园，出东门后，自行加上一项进餐馆一瞥的项目，可能是想突击看看不在日程之内、未经导演准备的店铺的原生面貌。餐厅老板自然不会不利用这个机会为馆子拔份儿。

何哥哥说她正在申请一笔拨款，她准备接受所在国教育部门委派，到中国考察教育事业。

然后到了2004年，何哥哥又来中国，讲了一个对于WM来说有点费解的故事。19年前即1985年的WM与一批同行的访问中，WM结识了一位喜欢交际与社会活动胜于学问切磋的汉学家谢跳跳,谢跳跳的夫人是一位台湾美女李摇摇,两个人都擅长交际辞令。提起他们,彼国的与中国的学者会做出一个心照不宣的苦笑。

2004年的来访中,何哥哥说,李摇摇成了邪教××功在欧洲的长老。其次,多血质的快乐的谢跳跳博士,在何哥哥此次访华出行前48小时,跳楼自杀。他们所居的国家,是以冷静乃至冷酷冷血而著称世界的。为什么,为什么跳跳要自杀呢?跳跳的自杀与摇摇的××功活动、与台海局势与大洋彼岸的驴与象的两党政治,有什么关系没有呢?何哥哥无法做出解答。

更重大的是,何哥哥的父亲,WM父亲的好友何老师已经去世。童年的WM曾经叫他何叔叔,他曾经让小WM herlou(骑)在他肩上,进北海公园后门。一进去就是吵闹如潮的卵叶响杨声音。现在的北海公园后门,已经没有这样的响杨了。

响杨无存空寂寂,琼岛犹初客翩翩。七八十年一瞬过,浅忆当年落端端。

许多的人和事,例如可以称之为A,A来了,又去了,去得无影无踪。仍然有人记得A他们,记得A他们的人,也许可以称之为B。此后,记得A的B、B们也离去了,再没有记得

A的人存在了。那么，是不是对于A的记忆也就不存在了呢？是不是A就从此消失归零了呢？

应该不完全是这样，因为还有C们记得B们。C记得B，但C未必记得B曾经千真万确地记得过A，A并非化为完全的乌有，一切的有都不是零，ABCD都归于N，零N或者N零，我们静默，我们默祷，儿女后人们怀想，隔零思N、藉D怀C、缘D寻N，藉零获N＋，所有的ABCDN0∞数据，都永远保存在云里，都在云里数里永生。

后来，何哥哥来过几次中国，都赶上WM不在京。后来，后来，不知去向了。

  曾经一聚又分离，曾说兹后会有期，相会相别终相忘，何问南北与东西？

WM心目中的全能作家尊尊或者命命，回国后担任领导职务，不再弄文写作。

而SS终于又赶赶络络地与鸣鸣离了婚。SS对WM说，他已经患病，只求咽气时旁边有个亲人。鸣鸣在境外听说SS要求离婚，自己发抖。还说离婚后SS仍有拉扯乃至求欢。最后说SS离世了，SS的尸体放在太平间里无人认领，狼狈难述。WM没怎么听明白。

三十一、四维或N维蔷薇

是的，1959年6月，毛泽东回韶山诗曰："别梦依稀咒逝川，故园三十二年前……"那时的WM只有24岁。24岁的小人儿听到伟人"咒"时间如河水一样"流逝"了32年，诗中有面对人生不再、时间压力的嗟叹，WM不免心惊，24岁的人怎样体会离家32年的革命领袖心情呢？24岁的人生压根还难算是人生噢！人生本就是永不止息的流逝，噢！

而现时的2023，已经是毛泽东吟此诗后64年，是毛泽东离家32年时间长度的2倍，是毛泽东冥寿130岁，WM自身也已经近89周岁，癸卯年春节一过，WM已经是中国年龄算法的90岁，进入不折不扣的鲐背之年，后背上长出鲐鱼纹儿来了。

爱因斯坦说，四维就是空间长宽高再加时间的维度。这个好办，视觉、触觉、B超、CT都可以揭示你的从二维到三维、四维的感知，写到病历上就庶几算是四维空间了，回忆、回想、设想、梦想、检讨或歌功颂德的礼仪文书万民伞，都是另多"外"加一个维度。

此外有高深得多的数学与物理学的四维与多维N维理论。还有刘慈欣的"降维"打击类似星球大战故事，比美国大片的星球大战，深邃多了。

四维、多维、N维的说法一经出现，这已经是实在性的三维之外的另一维另多维另N维了。你弄不清数学的物理的多出来高出来的"维"也罢，但在我们心里，在文学、艺术、宗教、心理与病理现象里至少至微，已经出现了语词维度、概念维度、设想维度、想象维度、宗教维度、信仰维度、鬼神维度、《封神榜》维度、《山海经》维度、科幻维度、梦与圆梦维度、感觉维度、欲望维度、非逻辑维度、痛苦维度等等，等等。

更重要的，更有涵盖性的，或许是灵魂维度。许多概念都与灵魂维度相通：生与死、爱与恨、痛苦与幸福、存在与虚无、心与物、神与鬼、灶王爷与兔儿奶奶、无神与以"无"为神、无穷大、永恒与极微、残酷与怜悯、折磨与愉悦。

人生春夏秋，只求活儿出够，有活儿心头喜，无活儿沉忧忧。出活儿靠双手，双手靠运筹，运筹靠学习，学好靠苦求，苦求苦干苦苦斗，苦学苦思苦出手，劝君早日养思想，思想好了逍遥游，一念巡查八万里，一声唱遍亚欧洲，一笑有声震全球，一得惊住天下士，一语求福再无愁！

WM有福了，他的生命生活初期，他选择了做好孩子、好学生、好人，少年时代他选择了革命，要做职业革命家，选择了正道，选择了宁让人负我、我绝不愿负人，选择了相信、期待、光明、欢喜。选择了文学，选择了文学一线的劳动、出活儿、干活儿、一切靠活儿。

老点了老点了，WM的梦境越来越多。所有的亲历亲见亲闻都演变着发展着延伸着进入梦境心境情境小说境、构思了梦境、创造了梦境、梦话与文学劳作联结、混淆、一体化、共同体。似乎出现了梦与文的非婚生胚胎，有它的正常性合法性，又毕竟不完全在圈内。所有的未见未历未登记，也都创、闯、怆、撞、装入了依稀梦境。人生推动梦的累积，推动经验与梦境的互生互动，推动三维与N维、六合与六合之外的发展。许多的3＋，通过阅读和网络、观赏与幻觉、冥思与苦想、回忆与忘却、仰望与内视内省……乃至什么也没通过、自无到有、什么也没有地进入了梦境与文学。

"蔷薇蔷薇处处开"，本小说最初的创作动机来自WM进入一个一个相连相隔的庭院的真梦，庭院深深深几许，语出欧阳修的《蝶恋花》并深受李清照的喜爱,如果是翩翩或端端,都会认为李清照其实已经在3+维度倾心于比她大70多岁的欧阳老师。

……庭院连连连几重?特别是WM梦中不知道从哪个维度获得的对晏几道的《临江仙·梦后楼台高锁》的注解奇葩,使WM感动。然后出现了时间的强大维度,出生、故乡、梨树林、(日寇带来的)"逃难"、胜利、地下党、小干部、写作、恩师、另册、劳动、劳动、劳动、边疆、农村与农民、维吾尔……选集4卷、文集10卷、文存23卷、文集45卷、文集50卷、文稿61卷……还有无数的冒失、疏漏、错讹、瑕疵,有针对你的整材料的班子。老天!你参与了那么多,你做了那么多,你碰壁了多么多,你的快乐多么多,你的爱多么深,你对爱的忠实与信守多么深,一代又一代、前半场、后半场、鱼头、中段、鱼尾……山东大学一位极好地讲过《聊斋》的著名女教授对WM说:"WM,你怎么什么都没耽误呢?"

0是伟大的数学与哲学符号,0就是无、空、虚、静、极,就是众妙之门。

∞——无穷大是伟大的哲学与数学符号,是空间与时间的本质,与0互为起源与归宿。

0从来不怕∞,∞也从来不怕0,∞永远不会全部绝对归0,0更不会全部绝对成∞。没有绝对的0,可能有的倒可能是时间、空间、终极的∞，而与0与∞同在的是，伴随着起因于0与∞同时出现的是N，是许多蔷薇和蔷薇开开谢谢供写N部N篇小说故事诗歌的N。

以太空中见到的地球的渺小论述一切都是虚无，其实无聊。因为如果你列出N：∞的复数通向与近似0的公式，他人也就可以告诉你N：0的得数是近似于通向∞的。WM不知道能不能列出一个∞：N≈N：0的式子。请数学老师赐教。妙就妙在这里，我们都是N，与无穷大相比，我们近似零，岂止我们近似零，一切N，包括地球、太阳系、银河系都是零；而与零相比，我们通向的是无穷大。说太空多么大大大，很好，说地球与人多么小小小，很对，也都是废话，说所以我们的一切都是空的0，胡说。

荣立国家功勋的一位资深航空航天英雄，在2023的国庆宴会上告诉WM：“太空中小小的因为有水而蓝得喜人的地球，是与太空宇航设备最亲近的星球，是我们的家。"

三十二、结尾：燕居情歌
1965·2023

2023年，7月，WM到中国作协北戴河创作之家第9次修改处理"蔷薇"稿。来到三天，他在睡眠中，或者更准确地说，他在2023年7月5日凌晨静卧在床上的时候，在睡与半睡半醒之间，半梦与无梦的安宁之中，在听力下降、助听器失灵之时，他听到了细语、情话、室内乐、弹拨乐、二重奏。

WM立即明白，老相识来了，老朋友来了，老客人贵客人，美妙的客（读切）来了。WM真灵！老朋友来自1965年。2023－1965=58，就是说喁喁情话来自半个世纪以前，来自与WM共享同一间小土房的两只燕子。噢，不，应该是来自那两只当年曾在王氏室内度蜜月的燕子贤伉俪的灵魂、遗迹、遗爱、情谊、遗愿，通过高维穿梭，美妙的声音，来到了已经耳聋了一大半的WM耳鼓。

1965年4月，WM以颠扑不破的劳动"锻炼"名义，行行复行行，从乌鲁木齐，下乡到伊犁哈萨克自治州、伊宁县、巴彦岱镇、红旗人民公社、二大队，担任副大队长，如今应该算是副村长，副股级。他住进维吾尔老农阿卜都热合满·努尔的一间4.5平方米面积的工具房间。房间里挂着一张未经鞣制的干硬生牛皮，发散着浓郁的牲畜血腥气味。房间的木门左上角是故意留出来的三角形大空隙，是维吾尔农家给卡拉安琪（即维吾尔语家燕）有意留下的飞行进出口通道。

　　WM从伊宁市巴扎买到了羊毛毡垫底，铺到工具间低矮的小土炕上，再铺上自带的行李，立马安居乐业。三天之后，凌晨，当时当地称作乌鲁木齐时间4:20，即北京时间6:20，WM听到了喁喁的细语，听到了翅膀的扇动，听到了快乐的从容飞翔，听到了空气就是风的流动与欢悦；同时想着的是WM的新生活、新学期，干脆借用高尔基的说法，叫作"我的大学"。是WM的人生研究院，别开生面地、奇葩般地、前无古人后无来者地开始了。从一个河北南皮人、北京学生、地下党员、团干部、青年作家，变成了王大队，变成了维吾尔农民占比例很大的伊犁河畔、伊乌公路沿线农村、来自北京的新的人民公社社员，转化转化，升华升华，蜕变蜕变，哈哈，谁有过这样的大转化、大升华、大变化、大幅度、大奇遇、大机缘！！！只有伟大祖国，我们的人生充满了新奇，人生充满了苦恼，人生充满了诡异，人生充满了希望，古今中外，谁有过这样的班级，这样的学历，这样的研究生宿舍，这样的会飞翔的客人移居入住同室，与你成为室友——roommate呢？

又两天以后，卡拉安琪（维吾尔语：燕子，音译故意靠拢英语"天使"，卡拉则是维吾尔语黑色或深色之意）香巢完成，新婚呢喃的一双幸福燕子开始了它们的蜜月欢度。WM的全新的经验与生活开启了，上路了，开始在清晨看望它们伉俪。WM看到4粒晶莹闪动的黑眼睛，看到了它们蓝黑的身体，偏褐色的后背与颌下，白色的胸脯，张大了的剪刀一样的尾巴，倒三角的坚硬的嘴喙，尤其是小小家燕的长长的、与它们的身体相比，是巨大、飒爽、高傲的翅膀。它们随时展翅飞翔，有时是展翅停飞。它们不卑不亢地向WM点点头，问了早晨亚克西，然后自顾自地继续它们的情话细语，家务切磋与设计。它们无求于WM，它们自认无碍于人，它们信任人，即信任卡拉安琪与荫桑尼耶提（人类）的友谊。世界如此之大，一室通连天地，它们在窝里，WM在小小的土炕上铺了羊毛毡子与棉布褥子，它们从未怀疑人的善良和好意，它们与WM共享新疆的美丽，美丽的西北，新疆的西北区域，著名的伊犁，共享着生命与天地的四维。共同开始了1965年的春暖花开，流水潺潺，葡萄开墩，芳草遍地，哈萨克族牧民骑马越过巴扎市区，维吾尔车夫星夜唱着爱情歌曲——"你羊羔一样的黑眼睛。我已经对你入迷。"新婚的卡拉安琪快乐地住宿在WM副大队长屋里,王大队(长)欢迎小安琪。王大队开始学习抡坎土曼疾如风,抬"抬把子"最轻松,像《安娜·卡列尼娜》里的第二主人公列文一样的用钐镰割草,在深夜扒开渠口大水漫灌浇地,一阵夏日南风阴雨,使王大队迷失在四望无际的上千亩苜蓿地里。雨后的苜蓿地散发着类似红薯的甘甜气息。

应该说这一双燕子陪伴了WM的新经验、新生活、新发现与新享受,减少了他初到一个语言也不完全通畅的地方的陌生感,它们增加了他对伊犁、对边疆生活、对各族同胞、对新一年的春光的热爱与认同,它们让WM更加感到了生命的内容和内涵,以及总有办法、总有收获的开阔感。

同时它们也给WM增加了一点小小的甜蜜与困扰。按当地的实际时间,每天凌晨4:00前,小两口儿就絮絮叨叨地聊起来了,它们的情话无边,深情永远,它们的情话如清泉扬洒,清溪流溅,小风吹哨,小牛撒欢。WM听了几天,WM断定,它们有一种语言,有一种发音学、词汇学、有一种音频声调类似人类的平上去入乃至多米索拉,它们的燕语大多是前元音,E、I、U、V,它们的辅音大多是舌音,D、T、N、L、R,嘀嘀嗒嗒,㖊㖊,嘻嘻吱吱,喊喊嘘嘘,咕咕呢呢,喃喃吁吁,呜哩呜哩,高高低低,我的爱你,你的爱米(这

蔷薇蔷薇处处开 157

里靠近英语,第一人称代词被动语态)你爱你我,我爱我你,那边大队,这边安琪,自言自语,互言互语,言来言去,亲亲密密。

后来岁月,更加亲密,接来贤妻,两家共居。你说你的,他说他的。燕子有趣,燕居有意。嘀嘀地唱,引吭一曲。有时燕子,起得太急,话语太密,铺天盖地,半睡不醒,如胶似漆,如室内乐,如难分离。情有涨潮,话有私密,团结紧张,活泼细腻,燕语喜人,听来雅细,人语于燕,也不稀奇。你欢你喜,我欢我喜,喜喜与共,各喜其异。燕欢燕喜,燕欢人语,天喜地喜,风喜喜雨,欢喜此世,欢喜他日,万物充盈,皆大欢喜!

58年零3个月后,2023年5月,老同室的一对燕子的灵魂,穿越而至,循高维至,它们重新奏起了爱情二重唱,婚姻二声曲。嘀呖嘀呖,嘀呖嘀呖,嘀呖嘀呖。一切经历了个把甲子,一切回到了1965,一切走到了2023,一切还在深情继续,多情继续,努力继续,WM仍是,文学一线,完整劳动力。

它们吵了WM,它们吵了WM,它们陪了王大队,它们安慰了他们矣。有了卡拉安琪,王好像睡不太实,然而睡得更幸福，更甜蜜，更美善，更精细。WM边听边睡，边听边喜。边听边悲，边听边泣。听得很美，无比滋润，欣赏无比，心神融化，如醉如戏，乐人乐己。细语潺潺，细雨滴滴。心细声细，含情历历。永远感谢，永远记忆，胜过情书，胜过乐器。

结语
2023年10月15日

许多神与你同行,许多人已是仙公,
许多人留下遗憾,许多人留下深情,
许多事留下败绩,许多人难以目瞑,
摸索、欢愉、死磕、闹腾……
我们爱了,恨了,喜了,悲了,通了吗?
重生再造,坚持故旧,新天新星星,
跳起来,叫起来,折腾起来,火一样红,
……露出马脚,永远挚诚,略略发怔。
渐趋完美,渐懂惭愧,幼稚无能,
诗是记忆温习,事是无边无际。
遗忘是文学酡醅,回想是作业起意,
坚持是自苦自续,忘却是祭典牢记,
各有各的过程,各有各的心气……
各有各的缺陷,各有各的努力。

想念你们,招呼你们,难忘你们,
并且照旧,怀着骄傲快乐痛心与苦涩,
注视你们,吟咏你们,为你们顿足垂泪,
仍然想说说你们,提醒提醒,
仍然免不了冒失、死磕、劈里扑棱,
这方面,可不像你们想的那么猴精!
所有的快快活活、风风火火,
本应该,或者是,很可能:
做得更好、更有效、更美精……
让我们再加力吧,更加用功!

小 说 人 语
那时蔷薇盛开

时间是无情的,时间又最多情。"逝者如斯夫,不舍昼夜",这是人间最伟大和沉着的哲学概括与抒情诗语,我以为。

哲人、小说人、艺术人、思想人、耄耋鲐背期颐人,他们对于时间的对策是记忆,记住它,一次次,您请!它并非只有失落。我的蔷薇尽情盛开,至少有四个批次:童年的歌声,暮春的公园,温馨的回忆,写小说70年后,敲出来的更有滋有味的文学留痕。

人们自牛的是回忆;生活的长绿,是思维与艺术的源泉。生活在相当程度上通过记忆,来保持、积累、发酵、冲锋拼搏,傻傻哭哭,兢兢业业,做成小说,不是大说,却是对时间的拥抱与报答,成了刻骨铭心的思维性、韵律性、回忆性与发明性的叫作作品的玩意儿。我更喜欢的说法是:成了我们的"活儿"。

千年万年盛开过的蔷薇，早年盛开的蔷薇，在记忆中再开，在回想中复开，在文学里新开老开钟情地开。

匆匆碌碌复连连，幸有书篇留世间，怒放蔷薇花正好，深情咏叹唱犹酣。

《蔷薇蔷薇处处开》，流行歌曲学唱已经85年。与一批作家一起访欧已经39年。改革开放的八面来风已经46年。众神——一些名人明星后来的黄昏与凋谢，陆陆续续，也有20年。《蔷薇蔷薇处处开》小说稿已经写好1/2年。有回忆，有想象，有深情，有遗憾，有叹息，也有勉励、发愤，还有的是想想往事、敲敲键盘、把时间"文学"下来的悲欣与趣味，潇洒与豪爽，泪目与俯察，冷眼与热肠，思无涯兮乐无边矣。

蔷薇吐蕊70年。蔷薇盛开40余年。回忆往日盛景，温习当年火红，绽放群花笑意，依恋落红伤情。

或发现，已经留下幼稚与愚蠢的疤痕，叫作纠错性回想；发现了轻飘与粗率之失衡，愧疚与幽默相伴，笑个没完，幽默性回想。恍然于昨惑而今明，奇怪为什么硬是可以不分清青红皂白，或者一分析就那么简单廉价。却也感受到，天翻地覆、丰富足实、历史进程、中国故事、日月江河、挥舞点击，都令人自慰骄矜，叫作思想型回想，以及留恋型、委屈型、超越型、加强型、理性型、酝酿型、构思型忆念回想，全活，齐活。你所有的日子所有的友情所有的真相与所有的眷注，你所有的繁花似锦、大话如风、回音碰壁、落叶凋零……终于敲击得那么开心开肺,提神给力,得心应手,哐哐哐,咚咚咚,哧哧哧!

记忆是会淡化的,但也会得到酒神、诗神与爱神神矢的穿透与点燃强劲。再怎么淡化记忆,记忆仍然比时间更悠久,更经得住难舍的昼夜不息。文学帮助人在时间的奔流前多了些底气:时间带走了我们那一代人的100％的青春了吗?也许仍然有15％—150％的青春活跃在你的"活儿"里,存留的百分比取决于活儿的质量。

回忆比记忆则多了若干浓稠。写作呢?不但有记忆,有回忆,而且有风驰电掣,有暴风骤雨,有蓦然惊喜,揽住月亮了或者抓住了大洋龟鳖羔子。回忆性活计应该有淋漓尽致的狂欢和比某些报告文学更真实的真实,比某些小说更文学的文学。也还有欲说还休、喁喁说来的风轻云淡。

有吾爱吾友吾更爱真理的执拗,并且是出自对友人的深爱与跌顿足长叹,变成了唯一直说的钢铁公司,掬诚泣血的忠言疼痛!

有"永别吧,去你的"无奈,也有紧紧地把握,其实舍不得哟;有凝聚与雕塑,有对遗忘与误解的抵抗;有对人云亦云、浑浑噩噩、起哄、架秧子、捣蛋、低级趣味尤其是对诈骗的刺刀见红揭穿勇气。更有写家的执着挚愿,爱极了,我就不能不告诉读者与我们自己,我不怕得罪,得罪了也;爱极了,我就只能毫不留情地敲出揭出撕出真相。人们,我是爱你们的,你们要警惕啊!

最后一句话来自记忆——记忆中已经接近一干二净地忘却了的是捷克作家伏契克名作《绞刑架下的报告》。至于不称作家称"写家",则出自对于老舍的记忆与回忆。

WM 人物概念图

蔷薇蔷薇处处开

生活就是歌，就是交响乐，就是欧普拉洋歌剧，
是白天黑夜永不停息的锣鼓、过门、生旦净末丑大戏，
生活永远在你耳边演唱与演奏。
——《蔷薇蔷薇处处开》

老朋友来自 1965 年。
2023－1965=58，就是说喁喁情话来自半个世纪以前，来自与 WM 共享同一间小土房的两只燕子。

——《蔷薇蔷薇处处开》

艺术人季老六 A+ 狂想曲

噪音是浪涛，隐线是月光，梦是游船，年龄是美容扩容增值增税数据万万千。

——《艺术人季老六 A+ 狂想曲》

艺术人季老六A+狂想曲

写下的标题是《季老六之梦》,把文稿输给ChatGPT之后,得出来的结论是《艺术人季老六A+狂想曲》,看来AI也听命于标题党了,可咋办呢?

一

  2019年9月7日，朋友们为××市文联老主席、画家季乐绿，昵称季老六先生举行盛大聚餐，祝贺老六公八十八（虚）"米寿"，人们举着酒杯欢呼："得米望茶！"然后争论茶寿到底是多大，有说是九十八的，后来统一为对季公一百零八岁的共同期许。

  "你的第一阶段任务，一百单八岁！哈哈哈哈哈……"

  2019年9月10日，米寿宴后三日，农历八月十二，中秋节前三日，季公跳了一夜舞，另加唱了大半夜歌，圆润饱满，不止伴舞。

  他的罗圈腿变直变长；他的步伐潇洒老练；他的身躯摇曳自得；他的笑容典雅有致；他的声音温柔敦厚，他的音质音量音频经营得得心应手。他的舞伴，不知其名，不知其来历，不知其如何进入他的怀抱，也轻轻淡淡地搂住了他。她的存在似乎只是一股春风、一道月光，是一支古琴曲、一幅书法，是一个任意的随想挂念。她挨着他跟着他随着他，无形无体无碍无阻如无存无物无形。他风她就风，他飘她就飘，他转她就转，他拌蒜拧麻花她就拌蒜拧麻花，他在地板上滑干冰她就滑干冰。她是诗，她是蓝色多瑙河，她是快乐的寡妇，她是彩云追月，她是娱乐升平，她是步步高，她更是西班牙情歌王子胡里欧·伊德里赛亚斯爱唱的探戈歌曲《鸽子》：

> 天上飘着，金色的彩霞明亮，
> 亲爱的姑娘，你靠在我身旁。
> 我愿与你亲爱的，同去远方，
> 像鸽子在海上，自由地飞翔。

转瞬间老六公的大腿、小腿、腿肚子膝关节都优美如米开朗琪罗雕塑的《大卫》，舞步如拉美舞蹈大师，身姿如西班牙宫廷画。他好梦成真，焕然一新，惊人惊己，飘飘成神。

老六的舞伴眼睛大，眼窝深，眼睛像广东人；鼻子尖高，略略翘起，鼻子像新疆维吾尔同胞。不是美女，胜似美女；不是仙人，远逾仙神。如果在《论语》里，这些绝对无关"颜值"，而应该称之为"容色"。而五笔字型与"容色"一词重码的乃是"宝黛钗"三字，容色骄人，宝黛钗般风姿不凡，自是如此。她处于微笑与带笑和未笑之间。她更神奇的是上善若水，与之共舞的感觉是满怀清泉，随心就范。

而他俩的跳舞，就是对于快乐、爱情、幸福、健康与生命的见证。老六在前所未有的舞步轻盈之中，他一面跳舞一面就着颔下的无线麦克风发出从"阉人男高音"到温柔"低音炮"的独唱、独奏、嗖喽、甜妮尔、贝斯、奏鸣曲、室内乐、街头狂吼。

果然，连续五十五分钟的乐队伴奏停止了。他的麦克风也不再扩音。主持舞会的赵老厅长突然用中文与英语、法语宣布：线上已经有三百万网民，购票参与投票，再经终审委员会评议，著名文艺家、画家、歌唱家、魔术家、舞蹈家委老七先生与他的舞伴——名媛花胜花娜娜夫人，得票数远胜其他尊敬的舞伴，成为本届最优国标舞蹈拉美舞蹈兼北美街舞绝顶无敌冠军。

鼓乐齐鸣，掌声如雷，欢声笑语，海啸山呼，好评如潮。欧盟式消费，中华式敬老，巴西式热情，韩国式的表演与争先，淋漓尽致。委老七？他本来大号季乐绿，昵称"季老六"呀，为什么在这个舞会上变成委老七了呢？他到底姓委还是姓季？老六还是老七老八老九一直到老一千零一？

他想着王蒙的一句新词儿："生活乃是谜面。"

老弟有两下子。

更精彩和动人的是，哈哈，他的仙姿舞伴名——花胜花娜娜，神了，绝了，妙啦，季老六更名委老七，舞伴是著名的花胜花娜娜，格丽特豌豆腐，英语：伟大而且神奇！

于是鼓乐与欢呼的热浪把他们二位涌抬吹捧起来，闻听已斩获冠军头衔，他抱起花胜花娜娜，共同翩翩飞翔在舞场半空，他像一只大鸟，她像一只夜莺，二人像一对蝴蝶，他们像四川老成都六联一样般配，像俄乌战场上的一对无人战斗机，惊险发力。他也像一个安装了弹头的纸鸢，她像一个智能新产品在空中舞蹈示范人形。花与娜又像一条鱼，像一只小鹿，享受着如醉如痴、如仙如梦的圆满幸运的无极与太极，冠军与新科技，艺术与体育竞技舞蹈，智能机器人与仙女。万岁！乌拉！哇塞！布拉娃同时布拉沃！喝彩的国际化西班牙语。

这时，全部灯光突然熄灭，他与花胜花娜娜同时砰的一声落在地板上，只觉全身粉碎性骨折，奇痛奇痒巨痛晕麻，掌声中泪如雨下。他与她坚韧不拔，没有发出不美的声音响动。

舞厅门口发出了一百只老牛低闷的嘶吼，像是用二战期间德国制造口径600毫米的巨型卡尔炮筒，做成的第三帝国铜号管乐器，用巨型吹风器，吹出了苍凉有力的历史性阶段性巨响，全体舞会嘉宾，通通失去一切感觉，陷入德国天文学家卡尔·史瓦西发现的引力强大的、无可逃逸的热力黑洞。

然后枪声大作，赤橙黄绿青蓝紫靛，火光纵横。斜刺旋转，交集摩擦撞击混合，于是一群恐怖鬼魂般的杀手黑影进入舞厅，95式、G36、S55、FN FNC，各种名牌枪支火力炸响成为一片雷电。

委老七突然想起，自己本来已经被爱戴亲切地称为季老六，学名乐绿，延伸为老六，至于从姓季改成姓委，奥妙不详。自己一生走南闯北，杀敌锄奸，转战应对，进退咸宜，身手矫健，立场坚决；岂有瑟缩怯懦怕疼，窝囊毁灭于社交舞会上之理？风萧萧兮易水寒，壮士一去兮不复还！（荆轲）我自横刀向天笑，去留肝胆两昆仑！（谭嗣同）来日方长显身手，甘洒热血写春秋！（杨子荣）他大喊号召，挺身而出，虎啸龙吟，元气澎湃，骨节联结，骨质凝聚，屹立在大厅正中，同时即刻全身中弹，打成筛子，血溅八方，骨碎成粉，扬洒六合，奋不顾身，英勇就义，四海翻腾，青松矗立，如塔里木盆地的千年不倒、万年不死、亿年不腐的张骞通西域时代的上古胡杨，也如一座顶天立地的铜像，由荣膺法兰西艺术院通讯院士的雕塑艺术家、中国美术馆馆长吴为山先生创作完成。今晚舞会与遇险后，铜雕被激活，获得了满腔生命。

此时，灯光恢复，渐趋明亮，鬼魅蒸发，音乐奏响，黑影淡逝，长号、小号、钢琴、双簧管、班卓琴、长笛、萨克斯、打击乐器等等，奏出了一曲他久违了的熟悉曲调。这曲调又温柔、又明亮，又真挚、又圆润，又伤感、又幼稚，又陌生、又热烈如火，犀利如刀刃。

同时他大嚼潮州菜芋泥白果、炭烧海螺，佳肴抚心，美味冲顶，如歌如舞如扫净尽一切恐怖恶魔分子。

这一切的一切，究竟是怎么回事？

二

不太规范，也不太合理，哪有老迈如此，还做这样热闹的小儿科萌萌哆哆之梦的？这是装嫩，这是自欺欺人，这是违反君子慎独自律，这是将计就计、请君兼牵己入瓮，这是编造，这是丢人现眼。这又是充实、充沛、充满能量、才思、灵感、想象、激情，还有沉醉与小说技巧满满。人生难满百，岂可无情思？大梦如焰火，熊熊亮翠微。花胜花娜娜，鸟寻鸟飞飞，枪林弹雨后，舍我牛吹谁？

季老六，你当真以为你是高龄少年吗？你当真以为你是越活越年轻的吗？你当真以为自己是艺坛的常青藤萝蔓、花盆儿中的"死不了""万年青"吗？

季老六嫉妒古今中外写梦境的文字，他其实喜欢写过梦境的意大利作家卡尔维诺。至于乐绿老六自己的梦，从前多半是破碎不全质量可疑的。他的梦不鲜明、不完整、不连贯、不合乎情理，缺少情节线性逻辑与悬念层次。

那么米寿三天后的今晚，难道是他发了功力、内力、气功，吃了高丽参，做了一个有点火力的梦？在吃过盛大的生日晚餐之后，一直激动发烧至今。

信天第一个梦是从舞蹈冠军到反恐英豪，之后，他醒了，看看表，凌晨三点四十四分。

他在梦里仍然有相当的力量，这绝非坏事，他没有服老。干脆说，他没有老，并非偶然，能在梦里年轻化的人生，可贵，在生活里肯定不会急于老去。在老年人中，他的肌肉仅仅比不上钟南山院士。他的混乱的奇梦仍然有相当的格局、有相当的忠勇与献身，也仍然有少年的身段、荆轲的情怀、项羽的躁动、谭嗣同的献身激情。嗯，还有，甭客气，老爷子还有情种的天真烂漫自作多情。哔哩哔哩，哇啦哇啦，呼哧呼哧。

但是他的梦太文学了，受了作家卡尔维诺加歌唱家帕瓦罗蒂唱响了的拿玻里民歌的影响。在生活里他首先是画家，在梦里他首先是舞蹈家、歌唱家，一不小心成了身无长技的散文家与诗人。他开始怀疑，自个儿是不是超越了某些分寸，他是不是夸张与过分地修饰了自己的创造性梦境；他是不是不自觉地膨胀了嘚瑟了自己的、堪怜的老境。谁人长不老？谁人老不衰？三年两载后，照样病歪歪。加上艺术的虚构遐想、添油加醋、涂脂抹粉、硬是梦话梦化梦画了自己的生活意识无意识。一句话，他涉嫌轻薄、轻佻、轻浮。九十（年）一觉扬州梦，留得顽童幼稚名。

不可能让艺术人取得十成的公信力，艺术离不开虚构，艺术需要的不是信以为真，而是倾倒沉醉。虚构略略外溢，恶果自见——您就找倒霉吧，您！

这个想法出现，竟然立即使他添了堵，他噎得慌。

正像他的米寿派对聚会，两桌，吃了烤鸭鳜鱼对虾石榴鸡浮豆干……关键在于涉嫌奢靡的"佛跳墙"，还喝了装在细嘴小茶壶里的松露牛肝菌羊肚菌丰乐种业鸡汤。过了分，过分了。不好意思，广东话是"冇意稀"。

朋友们的颂扬话也说过分了。说说健康长寿，说说精神奕奕，也就差不多了，您哪！非打赌说他会比周有光活得更久，非联名要写信给一个能滔滔不绝地做报告的领导，建议次年为他举行书法展、画展、贡献展和歌舞朗诵独唱晚会……还有人用了"大师""才华""神人"等词，使他进入了不只涉嫌，而且是现行狂躁不安臆症梦境。

这，这可以说是活活要他老家伙的命啊。近日发生的所有这一切歪曲了干扰了他的脑血管、脑神经、心脏与循环系统，脾胃肝胰系统，肾、膀胱、前列腺外科泌尿系统与血糖血脂内分泌系统，他才做出了自丧妻以来二十多年没有做过的惊世奇梦，这样的梦带有不正常感、不祥感、闹事感、劈

艺术人季老六A＋狂想曲　185

叉、扭腰、拧巴与椎间盘突出压迫神经感。他有点慌乱。

艺术人,从来不会每临大事有静气,而是会每遇小节照样折腾。不安大发了,出诗,出画,出散文,不安三十年五十年了,该出长篇小说了。

艺术家成千上万,曹雪芹只此一位。

而且昨晚后半夜狂舞狂作飞翔就义吃潮州菜之后醒来或其实未醒来,边胡思乱想,边听到了真实住房中传来的从未有过的混乱噪音。天降神奇噪音,天惩噪音狂热,全室响起了上周做过的核磁共振神乐:呜呜呜、哎哎哎、乓乓乓、嗞儿嗞儿嗞儿、汪汪汪、喊喊喊、嗖嗖嗖……这是高龄性、科学性、机械性加听觉性元宇宙完全颠倒错乱的乱弹琴。他认定,在核磁共振与午夜噪音之中,他季乐绿主席可能变成烟花、爆炸,他的能量终将破躯而放,恰如俄制可控战术性核武器加英制贫铀弹。

我要炸哪!喀拉嘿!对,佛教大势至菩萨的心咒是"巴扎黑",藏语,惊叹词。

然而忽然,匪夷所思,石破天惊,柳暗花明,疑无路,又一村,忿极生喜,旱极甘霖,家贫出孝子,愤怒出诗人,老迈已极乃成赤子……而疯狂神经病,成就凡·高的向日葵和持刀弄棒割掉自己的耳朵。

噪音中,季老六即梦中的委老七的自我,人体特异功能,

应运而生，熠熠发光，循循善诱，和风细雨，水到渠成。水
潺潺，草青青。在各种呼啸击打爆裂切割的末日混声嚣张之
际，靠艺术人保留住的耳朵，听出了出现了与五笔字型中与
"混声"二字百分百重码的"温馨"一词。他心知肚明，他
想："哈哈，我又接续地做上TMD梦了，我做梦的本事惊天动
地、出神入化、融解坚冰、暖和心肺，是温馨的老调儿，听
着核磁共振的噪音，做上温馨天真的旧梦，想着温馨甜蜜的
旧梦，应战核磁共振的钉脑门吸脑浆噪音。我享受着的是温
馨的返魂草，我感到的是抚摸与滋润，我得闲得到了的是儿
时抚慰入睡的妈妈的手。"妈妈的手最温柔"，这是三十年前
央视的一个广告用语，不知道声音是谁为什么当年听起来有
肉麻反应。

有阵子，听"毒蛇""披着羊皮的豺狼"太多了，忽然攻
上来一只妈妈的软塌塌的手，也怪吓人的。

耄耋米寿的季老六，自然跟随，顺藤摸瓜，顺调显词，
他明明白白，他听到的是少年时代的流行歌曲，是前一个梦
中战胜了恐怖分子以后演奏了序曲的美丽的大众流行歌曲。
是的，天塌地陷的杂乱混响之中隐藏着一曲小调、一条细线、
一种哀柔、一种邀宠、一声讨好、一些爱恋、一丝笑意与
自嘲……

我要接着睡了，我会遇到更亲切更美丽的梦，感到的是

艺术人季老六A＋狂想曲　　187

幸福，摸到的是温暖，碰到的是趣味，抱住的是昨天；噪音是浪涛，隐线是月光，梦是游船，年龄是美容扩容增值增税数据万万千。

  美丽的姑娘见过万万千，
   唯有你最可爱……

  不好……太好……好极了……世人有几个人能活得和我一样，幸福闪电，芙蓉塘外有轻雷（李商隐），一春梦雨常飘瓦（李商隐），柳絮池塘淡淡风（晏殊）？

三

欣赏完噪音中的小曲以后，于是老六或老七开始跑马拉松，过去叫作11号（大腿）车比赛，没有跑出速度，一跃上了赛车F1法拉利。飞驰的汽车停在进口博览会金字牌坊前，他接着骑上碳纤维山地越野自行车，走艰难的上坡路……

然后是手动大轮，迅速行进在机动车道的残疾人轮椅，速度追过了越野山地，直奔F1。骑车时发现丢了法拉利，开法拉利时发现丢了山地越野自行车，转轮椅时全市车辆暂停，交警维持秩序，给他让道，他非常不安，也非常感激这样的礼遇。一些工作人员帮他找回了车，清洁了也修理了两部不同的车，他发红包感谢朋友们……

一宵三梦汇老七，各有天机甚离奇，混乱掺和成一体，奋发鼎沸吉祥极。

从半睡半醒到起床穿衣，委老七使出了九牛二虎之力，分析自己一夜三梦的内涵与线索：惭愧！一个梦说不定是受好莱坞的浸润影响感染中招,另一梦带有忆旧与通俗冰激凌加果冻的甜了吧唧味道。还有一个梦让他晕……晕……晕眩……

不论受到了什么SARS、甲流、新冠旧冠、奥密克戎感染,也不论是一夜三梦还是三十梦,他断然肯定,他季乐绿仍然是活生生的自己。

……恐慌困惑,没有得出梦的结论,梦而无解难圆。有些烦躁。想得多了,走向九十的老汉反而产生了硬话:

"光脚的不怕穿鞋的""活该""够本儿""死不死""随他去",堪称无畏、大度与自信。"活人不怕尿憋","为贼"不怕"老而不死",耳聋不怕噪音,迷上跳舞以后怎会怕杀手无人机加机枪扫射,以及三种极端势力?风高放火夜,月黑杀人天!老六奋身起,挡在墙外边!

第二天风轻云淡,天高气爽,家和万事兴,他想起了头年查体时他的肺活量达到了3750毫升,据说他的肺活量超过了欧盟中老年的标准。他的血氧则是99,不可能再充满,满到氧爆炸的程度。

唯一奇特的是三梦次日傍晚,十七点半,他收到拼多多快递而来的香港名牌"美心"月饼、深圳西点月饼各一盒。十七点四十二分即十二分钟以后,收到顺丰快递送来的厦门风狮爷手工红豆麻薯月饼、芋泥肉松超大月饼各一盒。

然后是北京五芳斋与德芙丝巧克力、金币巧克力、西部荞麦燕麦杂粮厚朴月饼、云腿月饼、零售自来红、自来白、红冰糖……都叫月饼,英语叫月亮蛋糕。月到中秋分外明,饼香醉月五洋惊,先祖盛唐饼已月,如今更有花如风。

前前后后,他收到了十几种上百块月饼了,他已经分不清哪款、哪盒、哪块、哪角月饼出自何方、何友、何人、何关系、何目的、如何飞来降落软着陆于季家或委家的了。快递从不写清发货的姓名地址电话,这是极不负责极不局气的表现。

谢天谢地,纪委监察公检法保佑,应该没有非法入境、贩毒、拐卖人口、CIA间谍、极端恐怖圣战团体人员给他寄月饼。想想他过过多少年每月粮食定量二十八市斤的凭票儿岁月,现在呢,他至少拥有28的一半即14种月饼,供他颐指气使,挑三拣四。改革开放初期,一个细软的莲蓉、一个金色的蛋黄,港式月饼的说法,即使尚未入口,就会让他血压升降,胰腺胆汁增减。现在呢,剑走偏锋,物以稀为贵,他最感兴趣的只剩下了风味独特的正宗宣威云腿与粗粮黑面紧接地气之西安月饼了。当初古长安可有过这样讲究的月饼?人生得意,岂有尽欢?撑则辟谷,缺必加餐,三高三低,呜呼甚欢,吹牛必倒,贪婪放翻,成灾成祸,月饼如山!请社会注意防范吧!

他警告自己，梦大发了，不祥。月饼来大发了，可笑，低级，过犹不及，以至于危险。他不过是二十年前一个才刚从县级市提升成省辖市的文联主席，就他那个干巴小样儿如何陪伴得起包装精美宏大、色彩高端艳丽、汉字英文中西合璧、招牌"搂狗"牛气冲天的食品众高端？他如何与满室炫目扑鼻的港澳台两岸四地外带全球唐人街中秋月饼和谐共存？他能不自惭形秽、愧对云腿醇香、承认人不如饼、饼不如月，小小乡土城市经济与美术都发展超速，怎么办？怎么办？怎么办？要不他把现在未吃掉的月饼重新打包，送到红十字会或慈善总会去？

他还想起来写过著名抗日长诗《黄河大合唱》的大诗人加文艺领导，可敬可亲的中顾委委员、恩师张光年，笔名光未然同志庆祝过了米寿不太久，心力衰竭去世的事。他有幸参与了恩师寿筵，祝寿时在座的文艺人，人人高兴得要命，诗人受过伤、受过挫、得过癌、开过刀、报过不止一次病危，米寿餐上充满了信心，干脆声明要向百岁冲击。

然后干净利索地走了。

小小的老六老七呢？

他立即感到了自己的罪过：老了，富了，身体居然不错，吃吃喝喝、吹牛放炮、大言不惭、你好我好、抬爱恭维、彼此吹捧，梦里牛成了魔王，席上吃成猪八戒，睡着听起了流行曲,哼着歌吹着口哨骑车开车转车11号长跑,醒了没事儿偷着乐。是暴发户心态?是土豪、炫福(倒还不是富)、压桌、"砖家"、李刚、妈宝,还戴上了上万元的劳力士天崩地裂表?这样的人多了就会出现祸殃。大诗人师长怎么没说好就走了呢?他季老六必须反思,叫作"反求诸己",子曰。

他还必须内自省。子曰:"未之思也,夫何远之有?"生与生的结束曰死亡,原来相离得这样近。棠棣之花与应有的美德,相距得本来更近,为什么不注意反省呢?为什么做不好慎独呢?自己要负责,细思极恐。

仅仅是月饼的包装:纸盒、木盒、布袋、铁盒、彩塑盒,加上快递业对于包装的包装一层层塑料与硬纸箱,诸盒如山的排场与体量,已经使季乐绿心中、口干气短太阳穴蹦蹦跳。他断定,一年年的月饼传递包装,堆放在一起,几十年过去,已经堆起了好几座泰山。

他想起了五年前去北京与王蒙一起吃涮羊肉。王边吃边神谝,他说:"世界上的事情万头亿绪,简明地区分一下,也就是两类,一个是饿出来的麻烦,一个是撑出来的闹腾。颠覆、内战、抢劫、盗窃、乙肝、邪教、恐怖常常是与饥馁造成的痛苦愚昧局限有关。而霸权、扩张、侵略、征服、吸毒、抑郁、空虚、反人类……又与一种撑得难受的感觉有关。

当然,只不过是聊供一笑,小说家言而已。

但亦不无道理,去医院看看,撑出病来的,撑死人的病例多了去啦。到上海提篮桥监狱与北京团河监狱做调查研究,就更明晰了。饿出来的毛病,所剩无几了。

　　于是他得到了启发,他的奇梦异梦老不死的梦,会不会是饱极撑出来的?吃多了月饼,将会出现怎样撑出来的家国个人男女老幼的灾难呢?很幸福,但不一定吉祥。非常重要。幸福不一定永远带来吉祥,背运也不一定意味着凶恶的预后。现在要警惕的主要偏向不是饥馑营养不良,而是过食过饱超糖超脂。林黛玉奉大表姐贵人贾元春旨作诗曰:"盛世无饥馁,何须耕织忙。"二百年后,老六读了,不是滋味。

四

那支摸不清原委的歌曲，在给梦做出初步小结之后，在反省自责恐惧警惕月饼来得太多之后，一分钟之内，全部水落石出。乐绿老六公想起了往事。

1990年，季乐绿主席应邀去了北京，9月22日晚间，在北京工人体育场坐在小马扎上，季主席参加了亚运会开幕式。当香港参赛运动员队入场时，铜管军乐队奏出了光明快乐甚至是雄伟豪迈的铿锵旋律：

哆哆瑞米（骚），嗦法米瑞米（瑞），

嗦哆米瑞（米），法米瑞西哆（哆哆、哆……）

久违了，《少年的我》，久违了，"我的少年"！季老六含泪于目。

……亚运会后过了近三十年，再没有想到过这支无关痛痒的歌曲，他把这支歌雪藏久久如旧。三十年后呢，莫名其妙，如真似梦，生硬矫情，生拉硬扯，他在昨夜星辰昨夜风中无端听到了，或许也可能是附近楼层确实有的、夜间施工装修出声大吵大闹，那是混乱已极、震耳欲聋的噪音。有噪音，不足为奇，每天的任何时间，都有十三种以上理由，让你听到大千世界的噪音。邪门在于，他无中生有、道法自然、绝无预设地从噪音中随随便便听出了温馨自如的《少年的我》旋律，那是1948年，对现时2021年来说，是73年前，他偶有接触、相当喜爱的歌曲。至于1990年，即对于2021年来说，是31年前，忽然在1949年后41年再次听到过俨然不同的演奏，想起来，他忍不住笑了再笑。如今2021年，天真无邪的"少年的我"，又包装上震耳欲聋的噪音，进入他的耳鼓。则不是他的智力所能分析厘清的缘分了。

一支小曲八十年，浅词俗调非徒然，春花秋月南唐恨，此岸彼音今世缘。

噪音中隐含着《少年的我》。在噪音中硬是听出一首小歌儿来，这是季老六主席的独门特技，他的对会噪音、耐受无恙的怪招。

"将军别来无恙乎？"是华容道上曹操对堵截他的关羽的问候，问了这句话，立马化敌为友、义薄云天、平安幸福，曹相保命一时，关公美名千载。那么，"艺术人季公，噪音刺激无恙乎？"则是现代生活对季老六的提问。那么让季公把窍门告诉你吧：听到如山如海的噪音以后，请试试从噪音中体贴温存地找出你喜爱你迷醉的歌曲旋律声调儿来！噪音如海，小歌是鱼，海再无边无涯，风疾浪高，鱼儿仍然活泼灵动、摇头摆尾，自美自俊，自得其乐，自带形象、活力、价值、美得无法抵御，无涯淡定，活活爱煞人，活活乐坏了你，喜得你只想哭一鼻子！

什么是噪音？噪音是七八部交响乐合在一起鸣响。天地无聒噪，天地有妙音，音有噪中美，噪中美生春。每天每日的噪音中，包容着、隐蔽着天地人作曲的上百种歌曲器乐曲山歌民乐爵士乐蓝调情歌重唱对唱千种，庄子称这为天籁。噪音原非噪，赖汝听之清，浊清皆禅意，一曲放光明。你如果会听，连购票去音乐厅听卡拉扬、斯托卡尼尼、小泽征尔、捷杰耶夫指挥的交响乐的钱都省下了！

从噪音中听音乐，这是全世界唯季乐绿艺术人能做到的绝门暗技。不信你试试。

这日起床后，无意中又吃了一角月饼，在海潮般涌来的月饼陪伴中，他往电脑里输进了几行字："春天的花，是多么地香，秋天的月，是多么地亮……"然后，《少年的我》的歌名出现了，好啊，就像少年的季老六复活了一样。

于是他的思路从1990年跳跃回1948年，即逆行到42年以前。1948年,是20世纪中国人民革命大获全胜前夜,他沉浸在胜利的高潮里,他听到了人民的凯歌正从四方响起,他从没有四面楚歌的酸楚,他的青年时代天天是四面凯歌的喜庆节日。他沉浸在"解放区的天是明朗的天"轮唱、秧歌腰鼓、中式扭摆、农民集体行进舞的高亢里。显然,贫雇农感受到自己的力量是从扭集体大秧歌开始的。

1948年,他已经成为大学地下党的发展对象,他整天唱着反叛的《跌倒算什么》《古怪歌》与向往光明的《延安颂》,他唱响革命歌曲迎接人民解放军铺天盖地而来。

这时传来了据说是来自香港——更早是上海的上口、舒适、真切、纯朴的《少年的我》:

春天的花啊,是多么地香,
秋天的月哋,是多么地亮,
少年的我哦,是多呵么地快哎乐,
美丽咦的她,不知怎嗯么哦样?

宝贵的情嗯哼,像昂月耶亮,
甜蜜的爱哎唉,像昂花啊香,
少年的我哦,不鸣努鸣力咦,
咳哎,怎能够使她快乐欢畅?

这个歌迷住了他,使他不好意思,使他惭愧。在革命大高潮的时候怎么能唱这样空空洞洞的小资产阶级小儿科过家家小曲儿呢?

后来他平和了一些,他忽然想到,雄伟英勇的极革命之歌,产生于千姿百态的民族音乐人类音乐大锅杂烩资源汤料料汤之中。

时隔四十二年,他在亚运会入场式上听到了香港体育团体的近乎"特区之歌"的《少年的我》。到今天,他在梦里噪音里、莫名其妙里重新拾起"嗨嗨嗨嗨"的"得不到"的她的"快乐欢畅"。也就是说,一听这个歌儿,他硬是似乎有一点点自己没有得到少年的快乐之遗憾了,同时季老六以会唱这么老而初情的歌而满足着获取着得意感。

比遗憾更多的是幽默,是趣味与鲜活,是歌儿的常青积翠。一首署名李七牛,其实也就是黎锦光——语言学家黎锦熙、音乐家黎锦晖的弟兄,作词、曲的这样一首好唱小曲,竟然影响了他季乐绿的命运,影响了、成全了他的人生"艺术人"方向;当然,最终仍然说明了他的幸运与皮实——经拉又经拽,经铺又经盖,经洗又经晒,经蹬又经踹。大量的月饼吹响集结号就是明证。

万岁,正道的人生坚强,坚强的人生快乐,快乐的人生皮实，皮实的人生中用。正道、坚强、快乐、皮实、中用，您还想要什么呢？

想到自己是一个中用的人，他变得气定神闲。定神以后，他明确了"我是谁"的难题。美国精神病专家艾里克森提出了全球化带来的失落自我意识问题，因为许多发展中国家，只知道用西方化实现发展和现代化。季乐绿碰到的问题与全球化无关，是人事部门在十一届三中全会后与他讲的一个事件：在考虑提名他担任市文联主席前，上级人事部门在他的档案中发现了一个动乱时期对于名为委老七的人的思想言论揭发材料，这个材料稀里糊涂进入了他的人事档案，进入了档案袋也进入了他的档案目录，还有那十年中曾经担任过他所在单位的头头的一个家伙的批示："拟控制使用，存档。"七字加一标点。

这个入档材料主要是揭发他唱过香港反动歌曲《少年的我》，这个揭发对他后来的发展有极轻微的负面影响，例如上世纪80年代，已经考虑提名他做本市政协委员，因为"反动歌曲"的事，他的政协委员的光荣体面，油瓶子一样地被"挂"起来了。

问题是他姓季名乐绿，而揭发材料揭发的是委老七。那么，第一，这个材料确实是针对他季老六的，但是揭发人可能A：连他的名字也没有弄清楚；或B：揭发人基本文盲，分不清季与委，还有六与七；Ｃ：揭发得极匆忙，竟然写岔了季字与委字、六字与七字的姓名。Ｄ：揭发人是被迫揭发，故意写错了被揭发人的姓名。《三言二拍》中有类似的故事。

第二，更合理的解释是另有委老七一名人物，此委老七就是委老七，全然或大体不是季老六，更不是季乐绿；而管档案的有关人员没有验明正身，档案员识字能力有限或眼睛视力有不理想处，于是将错就错，把关于委老七的揭发材料错纳入季乐绿的档案中，一错再错至今。

第三，十一届三中全会后，这个揭发材料对于季老六或委老七。对于非季老六或非委老七，都丧失了意义，宜粗不宜细，团结起来向前看，毁掉也罢。

直到二十世纪末，各有关上级核查后认为此"案"荒唐无意义，再加上季乐绿同志实际上已经担任了文联主席与市政协常委。领导指示：应将此种无意义的垃圾材料撤出销毁。

就这么一件来无影、去无踪的小曲儿，相隔多年，突然从梦后噪音中露头演绎，构成了他的当夜第二轮梦魇却亦是美梦。这也是一种"混声"二字，向着五笔字型同码的"温馨"二字的转变。幸好坚强皮实中用快乐正道的季老六，始终没有不安与为之失眠。反正他日益倾心的是艺术。没有走更好地升级与当领导的"仕途"，他丝毫未觉亏欠。越老，他其实是越重视自律了，不能放肆，不能官迷，满招损，谦受益,虚室生白,吉祥止止。他倾向于相信,他并没有做过放肆的梦。这两天他做的"做梦闹腾"之梦,本身正是一个并不存在的梦,梦中之梦,影中之影,虚中之虚,实无此梦此事此胡扯此虚典。

要知道,梦的特点是,梦在梦中消融,梦足以证解梦自身之伪,梦之真恰恰可以证明梦之非真,越有梦就是越无梦。四大皆空,人生在意的不可能是梦。

五

但梦后月饼成灾,撑得他做梦无边。然后是如老六所感,月饼祸殃迎面而来,季老六连连败兴背运。

一周后季老六空腹查血,他的血中含葡萄糖8.87mmol/L,远远超过了6.9mmol/L的上限,正式定性定疾为2型糖尿病,并且怀疑他的右眼底轻微出血与糖尿病有关。老文联主席深为紧张,月饼月饼,见恶效如神。看到月饼的豪华包装,如花似锦色彩,精细雅致材质,高尚创新原料,谁能不得意?谁能不垂涎?谁能不忆往颂今,心花怒放?左吃一角,右吃一牙,尝尝品品,小康大嚼。于是,一次中秋节,2型糖尿病,寿未必即辱,馋立竿见影。甜甜自染疾,富富必遭惩。吹牛不上税,上税要你命!

他的女儿的公公去年已近百岁,血糖标准合格,老亲家得意扬扬,动不动吃馆子的时候点甘甜的八宝饭、菠萝粥、黏饽饽、枣泥、豆沙。在家里则喜吃蛋糕、巧克力、豌豆黄、芸豆卷、黄山烧饼、绿豆糕。去年一次刚吃完甜品就头晕眼花、皮肤瘙痒、喘不过气儿来，结果周围人人认定会胜利期颐的他的老亲家，因莫名其妙的飞来突袭的糖尿病，恶性发展，不久离世。季乐绿老六，哪怕更名委老七也罢，他清醒地认定了不可以在健康上自吹自擂，不可相信哄慰性的舆论造势，不要当仁不让接受美言温馨高帽子祝寿，更不可妄自吹牛放话，妄自海吃甜点，猖狂作死自戕。

他东查西问，通电话、上网络、找病友，并想起七个月前的狂妄梦境而忏悔多多，更加体会到谦虚使人活命，骄傲使人吹灯、拔蜡、嗝儿屁着凉大海棠。他迅猛改变了自己的饮食习惯，视他爱吃的元宵粽子切糕枣泥馅为洪水猛兽，视面条米粥烙饼为蛇蝎寇仇，他与一批早已不食米面的老伙计交换文案计谋，开始了自己膳事的一百八十度大转变。

他注意体力活动，做到健步如飞。一天从三十多层高的楼上要下楼，发现电梯故障停顿，他硬是在照明不完全的人行楼梯上走路下楼，歪歪斜斜，踉踉跄跄，走到第十一层的时候撞着了鼻子，撞出血来了。

……没事儿拨弄手机，他本来得意扬扬，自以为在同龄群体中他的手机是玩得最溜的。20世纪以来手机带给他多少惊喜欢呼，同时带给他多少麻烦焦虑。前五年，他平均每两周丢失寻找手机三次。心慌意乱，头晕眼花，"手机丢了？"已经成为他平均每日三四次的心理活动模式，成为他的焦灼、悬念、抑郁心结。与邻人见面，互相问"吃过了吗？"的习惯正在与时俱进，他张口说出的与竖耳听到的问话常常是："你的手机还在吧？"

直到后来，养成了将手机放到口袋里随时统计走步数量以后，情况好了一点。

微信发展了，最要命的是将微信错发给他人。你转发了一个微信、一个表情、一个段子、一句悄悄话，然后你常常误以为下一个微信的目标处该是接受你转发内容的友人，但偏偏手机的程序是微信指向又回到转发内容的原拥有者，即你会把发给你催段子的主动人视作你发给他微信的收受人，这是怎样地坑人程序啊。你动辄错把第一个向你发信的人当作第二个接受你的转发的人，这该多么害人！人惦记你的主动的被动接受者，胜过主动给你提供你不知道的信息的主动发信人。

吃过大量月饼以后，季乐绿的手机又假遗失多次。发错对象的微信，前后十余桩，大多令他尴尬狼狈懊悔不已。

回想一下，多吃月饼以后蓦地时时看见手机荧光屏上有链接网站给手机机主奉送现金的宣示，未免奇怪。又结合着快递行业扬言奉送，想必是赠购物券之类，可以理解的，送

艺术人季老六Ａ＋狂想曲　205

你八十元，得知了你的姓名手机号微信号身份证号儿，也许一个月内拉上你八百元的生意。有说是奖励健步走路的，说不定与小米华为智能安卓苹果阿里官方手环的推销有关，但他也不敢轻举妄动。几十年来，他深知千万不可贪小便宜，不论何时何地，世界上不但不会掉馅饼也不会掉饼渣。

……终于，有一个国营电信大企出来说话了，说是白白奉送用户七八块钱，他们的APP给了用户一个公式N－B，N是你应交话费，B是那说不清的要赠送阁下的数元钱，帮助你用流量，用彩信，也不还用什么什么，5T8D6N，都在赠送之列。也许B其实到不了七八块钱，也许只有两三元人民币，反正死活到不了十元。拥有了此链接，他就能够做到本来应该交N元RMB（人民币）如今只消交N－B了。季主席很快就忘记了钱数了，证明他毕竟还是随着不舍昼夜地逝去的光阴而添了人们又重视又害怕的年龄了。

然后，季老六不行，委老七不行，王老五也没门儿，杨四郎、李小三、魏老二、田老大全都不灵。是否安装？手机向你提出了哀的美敦书式决定性一问。你答应"yes"，却不知道要安装什么，反正不是定时炸弹或地雷引爆装置。你开始准许APP主人"访问"你的文件图片数据收藏，你开始准许它的这个那个哪个别个另个多个，总之他问你什么你就"yes"什么。于是开始要求访问。谁的访问？怎样访问？是找你谈话还是搂上你跳舞，乃至过度亲热亵渎？还是需要你的情报？你已经答应了十一个同意同意、接受接受再"yes""yes"了，你难道会在第十二个什么什么上突然变脸变色拒绝出丑洋相多疑抛出"no"来吗？这是一个心理学的连连yes定理，当代大心理学专家弗洛伊德、冯特（科学心理学之父）、罗杰斯（人本主义创始人）、荣格……谁都没有发现与概括出此yes定理，把心理学发展空间留给了季乐绿一立方毫米。

yes定理的真谛是，越yes你就越yes。你堂堂一个艺术人文化人主席专家老革命领导，你贪图几元钱？你已经露怯搞笑小心眼儿泄气了，知识精英……你难道还要进一步嘀咕、磨叽、犹豫、哆嗦、欲进还退、胆小怕事、拉抽屉吃后悔泻药吗？

反正最后，老六不知怎样获得了数元钱奉送的许诺，前提是他每个月花在通信信息微信电话上网支付上的月钱必须超过NN元，超过NN元了，NN元以上的超用部分，它可以奉送你BB元，但你超过的部分超过了BB元了，第二次超过的部分当然还得你付，理所当然，赠送B元不等于赠送B+B+B+B+B元。而最令人叹服鞠躬作揖鼓掌的是，如果你的手机使用月钱低于NN元的话，你必须自愿多付你的使用低于NN的部分CC元。

他必须保密，他不能再多说多想了，他只想给电信公司老板与策划人画几张肖像漫画，雕几具黄金白金百分百比例人像，必要时为他们设计一些小丑面具。冲此小事，他也承认医院此次给自己下的查体结论，糖尿病、慢阻肺、疝气、椎间盘突出、缺钙、缺锌、缺铁还缺肌肉的判断都是正确的，他保证，再也不做不精准、不现实、不大气的B元梦了。

他想起了四十年前孩子在北美留学时的经历，孩子得到通知，说是通过电话号码的电脑抽彩，获得了头奖两万刀。经过激烈的争论与"思想斗争"，孩子开始上钩，先是汇报一切个人信息，然后奉命购买一种他根本用不着的化妆品，然后也不知又购买了什么什么，孩子为了两万刀开始投入了数百刀。越投入越要继续投入，这里有一种加码定律：越加得多越必须接着加，半途而废当然是自己活该吃亏。有一种可怜可爱的好奇心，有一种一不做二不休的勇敢坚强傻帽儿精神……言而总之，最后孩子得到了一张去夏威夷的旅行卡，她只消再交三千刀，就可以享受天知道的原本定价三万刀的旅游服务，就是说，她可以花一万刀去享受三万刀的贵族级旅游。法克，法克，法克油！

他总结自己，有灵气，有悟性，不低级，不无一点清高，手上能出点活儿，三观是正的；然而，在市场经济有待成熟的今天，他未能免俗，未能免噪音，未能免上当丢人。他感叹社会风气的不够理想，他自省自己的低级庸俗化苗头。

六

  月饼与手机赠金的作乱终于平安渡过了，光阴在核酸检测、健康码、疫苗接种、偶封后放、周围没有太多的病人吱扭的情况下度过。随便吧。快到2022年春节了。酣睡中出现了新环境新提问新课题："跳还是不跳？"他上了太平洋上的峭壁峰顶，他的眼下是深不见底的海洋。

  深深的海洋，
  ……你真实地告诉我，
  可知道少年的她，
  如今去到了哪里？

  南斯拉夫的民歌儿。南斯拉夫解体为斯洛文尼亚、克罗地亚、波斯尼亚和黑塞哥维那、北马其顿、黑山、塞尔维亚，以及情况不明的科索沃。夫复何言？

季乐绿少年时代偏于柔弱，后来情况有了进展，原因是他练习了跳水，自己把自己活活从悬崖上抛到深水里。多年以后，他已经想不起自己决心跳水的原因：应该是与老爹有点关系。老爹是"五四"一代，是洋派儿，一辈子追求自由恋爱、追求西餐奶酪制品、追求英语法语卷舌音小舌音清辅音，还羡慕欧美人打网球、坐飞机与开汽车。这些是老爹梦，梦中诸项目，老爹本人几乎没有一项做到了做成了，但是竟其终生，老爹毕竟游了上百上千次大泳。老爹爱说，过去旧社会，游泳是阮小二、阮小三、阮小五、浪里白条张顺、混江龙李俊这些匪类的事，而20世纪初出生的老爹，不用冒险加入水匪帮，就继承了分享了原水匪后来是国际海盗的游泳乐趣。

为了追求游泳，每年五一一过，老爹就在河沟窑坑里凫水，然后口头上数十年始终如一地歌颂与描绘跳水。他给儿子乐绿讲镰刀式与燕飞式花样跳水，讲一米跳板、三米跳台与跳板、四米跳台、十米跳台的各式跳水，讲得风生水起，石破天惊，电闪雷鸣，云开日现。

儿子乐绿老六问："您在哪儿跳呢？"老爷子不回答，问急了他说是在画报上看见过照片，还梦见过跳水。就是说老爹并没有当真跳过水。季老六为上一辈人历史的沉重与更新的艰难而鼻酸。梦？老六疑惑了，老爹感慨，说是，无梦则蔫，无梦则萎，无梦则食欲减退，情欲佝偻，人生枯干，人形拧巴。那么，如果有梦，而且只有梦呢？老爹突然含泪，说："我们这一辈子，盼望着一直缺少的幸福与解放，也盼望着能做更解放与更幸福的梦。"

老爹的一辈子是20世纪初叶到80年代，老爹也做了一辈子梦。而到了季老六这一代，已经天翻地覆慨而慷了。

季老六这一代，革了命、入了党、上了学、唱了歌、画了画、写了诗、受了批评、平了反、娶了媳妇、生了孩子、游了泳、跳了水、金了婚、送了终、嘛也没耽误、全活、十成、还有多。

一代一梦又一生，千年难遇大葱茏。山河绘遍风光善，跳跃横空喜未穷。

七

……砰的一声,从五米高山顶七百二十度转体空翻,跳入大洋。委老七跳入太平洋、大西洋和印度洋,委老七击碎了北冰洋、南冰洋(南极海)的许多冰块。水花四溅,冰花如雪,遍扫方圆九十九平方米。委老七这才明白,曾经的跳水规则以不溅不浪花更不横扫取胜,但是堂堂乐绿季老六兼委老七,此番创立了水上运动的新思路新学派新项目体系,谁能折腾谁能爆炸谁能掀波倒海谁能成为水雷溢出,谁占先谁惊人谁算老大。为人性僻耽佳跃,体不惊人死不休!(杜诗原文:"为人性僻耽佳句,语不惊人死不休。")

高高跳起,急上抛、缓上升、停止、改升为降、先上升后下降,出现两个方向的正负加速度,宇宙、群山、群楼、上行逆行,一声"跳",然后在一个特定的点上,他的身体运动加速度数据是零,他获得了静止静默停摆的一刹那。佛经梵语"刹那"万岁!中印文化交流万岁!

他的一声"起",天崩地裂,身体粉碎,能量升空,能量沸腾,翻江倒海,啊、哇、停、静、飕、咔嚓、嚓、嚓、嚓、嘘、嘘、吱……他终于成了鱼,成了海豹,成了海龟,成了鲸精海马龙蛇鬼怪,他在海水中穿梭,他在浪头里飞跃,他一蹦,跃出水面三米零三十厘米,他在海底挖洞,他在海面扫荡。他成了第三次世界大战前沿候选新式海洋魔头。

他改变各种泳姿:狗刨、蝶臂、牛吼、青蛙、蜉蝣、卷缩、伸展、正面、侧面、仰面、打滚、抽风、直上、直下、斜刺、前冲、旋转、深钻,无姿不泳,无姿不冲、不横、不愣头青。他看到了自己身上长鳞、眼球突出、手掌阔大,脚跟巨蹼,一张嘴将海水喷出了五公里。

更重要的是瞬间拉起了队伍,他她她他,龙龙蛇蛇,男男女女,虫虫狗狗,胸胸腰腰,臀臀脚脚,上半身下半体,各人都自带颜料,自带色彩,自带线条,自带结构,自带形体,自带官能,自带旋律,自带五线谱蝌蚪,一刹那间染花、染活、染闹、染飞了浩海大洋,红杏出墙春意闹,主席入海花样雄,乘风破浪。多彩变成了多声部,嗷嗷嗷,委老七、季老六、王老五,上下四方,动物植物,男男女女,你你我我,热烈拥抱,高调吟诗,再一回首,天空海洋,远山群像,近处折腾,远处火并,好一幅过去梦也没有梦过的元宇宙巨画!

他哼哼着、念叨着、喘息着,似乎又是一个好梦,一次梦迷,半次梦醒,吐出一口大气。

他又要从悬崖上跳水了,他有过二十余年从水库边上跳水的英豪体验,然后体炮发射,目标击向大洋。

他清醒得空前,沉着得绝后,明白得全身透亮,微笑得初夏向日葵。

他慢慢睁开眼睛。首先,他确认,老伴已经仙去,老伴的笑容与甜美声音一直陪伴着他,与季同在。女儿在外域。他健健朗朗、端端正正是一名光杆司令。

其次,近年确有老顽童逆生长现象。例如,梦比过去多了,做得越来越浪漫了,梦的内容形式都有发展突破转化。岂见九旬浪漫人?梦中花月正青春。平生甘苦皆滋味,加上浑圆一梦醇。

委老七深为自己的狂梦日益知识化而安慰。近年他日益为人们知识的某些退化而忧虑,为生活闲谈的迅速而焦急。你再不加点知识,可拿后代怎么办呢?

近年他获得新知识日进半斗,半生不熟,心乱如麻。做梦可以休整、满足、消化新知新说新调,做梦可以调节安排自我意识、信息欲望,还有欲望信息。他懂,抑郁躁狂型精神情绪型患者,那些情绪型老年心理疾患的征兆,恰恰是夜来无梦待黄粱。

他是：夜来有梦待黄粱，醒后难眠恨夜长。忆事连连悲即美，新知旧识泪成行。

再次，这些年他个人过得昂首阔步，好事连连，心满意足，太平安适，更要谦虚谨慎，恪守礼义，竭尽所能，做好万项千般。

最后，今天是春节除夕，多数机关单位工厂公司放假了，而其他政法服务公安市政行业必须加倍拼搏。

就在此时，得到信息，本地疫情再现严重性，宣布了一些规定。

一件最具体的事，他做东的一顿晚餐，今晚是否举行？不断来电话询问，他都回答：晚上聚会，不变。心里说，不怕！

八

最后,这顿饭还是黄了。

谁想到一疫就折腾了三年,2022年又起浊浪,重演2020大年三十晚上订好的聚餐黄了之闹剧。季老强调优良传统,思维方式是孔夫子提倡的一切反求诸己,三年来他一直从自己的经验中寻找对当前事态的认知与评估。过往的事态渐渐出现在季老六的回忆里,1949年10月中华人民共和国成立之前,内蒙古察哈尔省已经闹起了鼠疫,后来闹大,毛主席给斯大林发电报求援,后来在苏联医疗专家帮助下克服了疫情。至于2003年的非典型肺炎,更是记忆犹新。

我能做什么?我要戴口罩,我要打疫苗,我要做核酸,我要劝慰一切焦躁与疑虑……

很少有像季乐绿这样积极接种疫苗的人,听说他的公费定点医院的医疗人员、勤杂人员都打了疫苗,他立即向医院申请接种。院方说,这种疫苗还没有完成报批审核手续,如果他坚决要求接种，他只能算志愿接受接种试验人员，他必须填写志愿人员登记表，签名画押，自己承担一切可能的后果。他照章办理，愉快接种。他在微信群里介绍接种经验，声称接得如何舒适成功，立即被一位在美国留过学的海归严正指出，你的反应好不等于人人反应好，你反应好又不等于疫苗地防疫的成效好。如此这般，他知道了某些人的逻辑，道不同，不相为谋。

我要注意了，我要注意了。注意着、奋斗着、想着、写着、画着、说着、坚持着，有时紧张着。他的脑子里出现了瘟疫、传染、高烧、窒息、呼吸机、封城等字眼……头昏脑胀。又同时出现了抢救、医疗、献身、方舱、口罩、奋斗、战胜、祝捷、连花清瘟、制度优势等字眼，叮叮咣咣当当。大静默，大格局，大拼搏，大胜利。没有挑战就没有功业，没有瘟疫就没有全民卫生防疫的阵仗雄奇，万众一心，众志成城。没有拼搏就没有中华人民共和国，没有断然措施就没有一切丰功伟绩。决心，最重要。

两个月后他去打第二针，护士问："对第一针反应怎么样？"乐绿原老主席回答："轻松愉快。"护士问："有什么愉快的吗？"答："只觉得每一个细胞都具有了十成的免疫力。"

他考虑自己的人生节奏、工作节奏、自省节奏。时间一天一天过去，一月一月过去，乃至一年又一年过去，疫情时松时紧,紧多松少,措施有时清冷,核酸盛景,却又声势空前,风急浪大,有时热烈,有时秋风扫落叶,有时做完核酸得到居委会奖励的一包鲜菜,有时取消了饭局堂食,有时取消了电影放映,有时办理了戏剧演出退票,尤其是使他不知如何是好的是停止了、恢复了、又停止了的游泳。他原来计划的几次画展、讲座、艺术巡游也都被停止。他想,我们要时刻准备着,准备开动,准备加油,准备停止,准备取消。我们能够做到,一定做到。他顺势应对,例如,取消游泳情况下,增加了健步走路预期标准。从日行5000步到6000,到8000,到万步左右。虽然,他有时也怀疑关闭游泳池有没有泳池工作人员躺平卸责的成分。

为此他收到了多少至亲好友的警告劝告请求进言:"亲爱的朋友(同志、大哥、老弟、舅舅、姑父……),你已经老了,你不是中学生,你应该休息,再休息,完完整整,安安静静。生命在于静止,乌龟缩在墙角,一动不动,乃成长寿大仙,千年王八万年龟,你应该当一个老老实实的期颐小王八。"

听了这些话,体验了各种防疫便宜举措,季老六更加亢奋紧张起来,空前的挑战与机遇,来啦。至于嘴闭到墙角练小王八儿静默功,他为难。

三年来,他紧张地迎接着享受着默前、默后、默中的读书、作画、打电脑、接电话，仍然健步如行军，一天八千八。他画了远征武汉的白衣天使，他画了梦中的舞会与醉人的舞姿，他画了梦中的神秘如春风秋雨的花胜花娜娜，疫情的严峻使他益发追求美妙的突破，左冲右撞，南砍北杀，横扫寰宇，情如烈火灼，思同闪电亮，他又画一个五年前自己曾受邀却没有参加、没有参加却快快乐乐地画出来了的在维也纳霍夫堡皇宫举行的中国春节迎新舞会，由奥地利奥中友协主办组织。他看到了许多图片资料，霍夫堡屡经修缮扩张，现包括四千多座厅室，大街上它像张开欢迎的两臂，等待着与你拥抱。宫室里吊灯多半保持着百千蜡烛的造型。每年过大年，中国央视转播奥地利维也纳金色大厅举行的以施特劳斯一家父子三人作品为主的新年音乐会。春节，奥地利皇宫，则有中国年的舞会翩翩、交谊翩跹。

少有的大静默何等艺术瑰宝般宝贵！他来劲了，疫情削减了许多聚会、会议、仪式、讲话、饭局。他的绘画激情乘虚而出，白热化。他疯狂地画了梦中的高台跳水。尤其是，他犹豫再三，酝酿再三，来劲再三，冲动再三，画了一幅半写实半抽象、半传统半现代的名为《海魂之恋》的大幅油画。绘此画作的三个多月，他吃喝尽忘、睡眠不安、自言自语，他把梦中的季老六闹海盛况，全画出来了。

大家对这幅画有不同的见解，最大的问题是很多人反应是"看不懂"三个字。如果你画的是马，他看出是马来了，他就认为自己看懂了；如果你画的是没有打开的伞，他看出是没有张开的伞来了，当然也是他懂了。如果他把没有打开的伞看成手杖，把马看成驴或者骡子或者鹿了，说明：一个是你画得不像，一个是导致了他的看不懂。

还有一批公认为也自认为很懂画的美术家或美术评论家，则称赞他画得虎虎有生气，乃至感觉是乐绿公在爆发，在抗御新冠敌对势力。但他们也都劝告他，抗疫期间，注意影响，先画抗疫绘画岂不更好？你又当过文联主席。你说你画的是抗疫，人们会说大闹龙宫怎么会是抗疫主题呢？你毕竟不能自己画给自己。

是的，是的。他想是的。他又想，对于疫情，有的担当者是盯着它抱住它跟它掼跤，有的人是接受了进行了配合了各种举措，然后该干什么干什么：厨子必须做好饭、警察必须取缔违章违法，加上抓住小偷、绣花能手在疫情泛滥时也尽其可能绣好巧夺天工的湘绣苏绣云锦与滇绣。

他呢，不管做多少跳舞唱歌冲浪潜水的梦，不管拿过来多少真真假假的疫情段子，醒过来，他还是必须画好画，越疫，越要生气勃勃，攀缘绝顶，奋勇前进。

抗疫、做梦、健步、学习、作画，迎接挑战，利用时间机遇，庆幸自己迄未中招，更庆幸自己没有空自度一日一天、一分一秒。

　　他不明白的是为什么至今还有那么多人设法不接疫苗，哪怕只是少种一针疫苗，他想起少年时代的往事——日军占领下的1943年、敌伪政区，闹腾虎烈拉即霍乱，说是北京已经死了好几千人，他所在的小城市也到处是"打防疫针"，大街上在左臂打上一针，晚上左臂红肿胀高，疼痛发烧，只能向右侧身而睡觉，不敢翻身。同院邻居有点小钱的人，乃花点钱雇一个穷汉用假名字冒充他人去打针，领上"注射证"一手交证，一手拿钱。第二天报上刊登：已有七八个代打防疫针挣钱的人身死的消息。

　　年龄是个宝，往事做参考。知旧再图新，讲古不可少。

　　而现在的疫苗接种，针剂与注射器结合一体，针口细如纳米，一针只用一次，清洁讲究，注射如闪电，疼痛轻于蚊虫叮咬，一切不适都等于零。

　　仍然有大好人高级人千方百计地不接少打。

　　"五四"已过一百一十多年，全民完成扫盲已经过了两代人六十余年，为什么还有手眼通天、算无遗漏的能人在逃避接种疫苗呢？

　　积九十年的经验，他懂，一切灾难都是机遇，一切机遇也可能是新的灾难的开始。

　　奋斗奋斗再奋斗，其乐无穷。

九

是不是他太猖狂了？季老六时时关照自个儿。寿则多辱（不是说受辱，是说老家伙不会像过往一样地体面潇洒风流倜傥）。再说，物壮则老，是为不道，不道早已——李耳李大爷早就看透了。看透未必透，不看更通透，大道法自然，自然自清秀。

中华天道之说太高明了，太高明的思想与范畴被不太高明的俗流学到了手，或透露出某种狡辩与狡猾。

2022年3月5日，惊蛰，又是周六，原来人生有那么多周六，生前永远过不完。本周六他在起起落落的疫情恶潮中因消化系统的滞胀而看了急诊，在糖尿病阴影下他这几年不吃少吃主粮，多吃瘦肉的恶果终于积而成疾，外用药、口服药、中成药、中医处方汤药、西药（含处方与非处方药），稀里哗啦，都过量啖入，给他推荐好药灵药的亲友远远超过了向他推荐美食与画作的亲友数量和力度。各个药方药力合而为一，大聚集就更过量。谁让他开药取药这么方便呢？谁让他有那么多待遇加医药友人医药专家的关心与提供帮助呢？

他的排泄几乎是恐怖暴力型的了，他产生了不雅的腹内准核地雷，腹内极端主义、分裂主义、恐怖主义三种势力勾结作乱的化学转物理学反应。他受到了伤害，匆忙忽然，进入了全新境地。

一疼痛，二混乱，三扩张，四失控，五失落，六遗漏，七返祖返婴，八仍然清醒迅捷明晰快乐精神信念光明温暖乐观自信，九瞬间一败涂地，十总结汲取哼哼哈哈嘿嘿哗哗哎哟呜呜哈哈喉喉噫噫。

在与病痛的对抗中他以欣赏近三年来自己的绘画稿来安慰调理身心。他有时发出类似冷笑的声音，他立即警惕纠正，改唱《我们走在大路上》。歌声背景中他面对挂画的墙，发现墙有点软，有点活泛，有点仿昆虫性瞎蛄蛹蠕动。软墙的平面正在变成起起伏伏的波浪形落地屏风，挂在墙上的平面画越来越立体，凸的凸，凹的凹。他随画随墙随象随形进入了梦中又一个舞厅，全场用不同的语言欢呼："欢迎委老七主席！"这时迎接他的是谁呢？是一位袅袅婷婷的资深美女，穿着祖母绿（波斯语zumurud，指宝石绿）色大摆裙。她长得多么像一个他的熟人啊！

但是不像，再看，仍然再不像，仍然还不像，始终不像。啊，啊，她的鼻子在慢慢坚挺，她的眼睛在慢慢闪光，她的身躯在慢慢摆动出曲线。我的天哪，她不就是1964年获得奥斯卡奖的奥黛丽·赫本吗？她复生了，她重生了，她陪委老七跳舞来了。经过混乱，经过质疑，经过疲惫的犹豫，他已经从此明确，终于觉悟，深深认定，升级版认识，在世俗生活与硬体世界中，他姓季名老六。现在呢？是在山峰、在云端、在艺术、在幻想、在舞会上与深深的黑海中，哈哈，包括在嫉妒他的人挖空心思做出的他的黑材料中，他只能是、他必须是——委·老·七。在文联"领导"名册中，他则大名季乐绿。

于是，他自己认同乃是委老七了，她呢？则还不能确认对方是奥黛丽·赫本本人，还是另外酷似赫本的欧美美人替身。当然她不是女排的赵蕊蕊或者朱婷，更不是近年来乐绿主席最心仪的世界综合格斗金腰带冠军张伟丽女士。张是季老六的邯郸同乡。他季老七到了2022年年逾九十，他前几年曾在自己的米寿饭局上想起张伟丽，希望有缘为UFC草量级张金腰带画一幅像。他看腾讯网上的佳丽伟丽的英勇与苦斗，他见到了佳丽脸上的伤和血，他激动得热泪盈眶。"张伟丽万岁！"他在喝高了以后无声地喊出过生撰的口号。

最后，在自我欣赏画画人自己画的诸画的时候，在进入了画室舞厅之后，期待良久，他仍然没有看到张伟丽，也没有见到比老六还要长四岁的美丽无双的奥黛丽·赫本。

明白了，相逢何必曾相识！妙哉自是老同知。瞬间陌生成挚友，得君一瞥老七矣！那么，一次次迎面而来，一次次失联而去的赫本以后，再次在舞会上迎接他的女士她，正是比奥黛丽更中华、更东方、更典雅也更时代化数据化，也比张伟丽更自来熟、更随和驾轻就熟地温柔克己、无微不至的花胜花娜娜。

"又是巧遇了，您？"委老七说。

"不是——巧遇，我等待您等待了成百上千的白天和晚上了。"

蓬嚓，蓬嚓蓬嚓，蓬嚓蓬嚓蓬嚓蓬嚓嚓，天啊，这里有新疆喀什地区塔什库尔干塔吉克民族自治县的民歌民乐，那边的民歌节奏，5/8、6/8、9/8节拍的背景音乐，委老七应该怎么样迈腿呢？

最后来了《少年的我》，铜管乐、架子鼓都用上了。他与花胜花娜娜改成相对跳摇滚了。

他似乎还找补着与未出席、不得见面的老乡张伟丽过了两招，虚招，年向九十的委老七即季老六，竟然踢出了李小友龙式的"剪刀脚"，打出李小龙式的"蔽目黏手"，使出李小龙的"寸拳"。他愿以高龄男生身份，向张伟丽拜师学艺。梦中他听到了张老师说："你大有希望！""孺子可教也！"

活这么一辈子，可真值！

十

"这太荒唐。我已经快九十岁了,我怎么能跳摇摆舞呢?我的动作那么大,我跳起的高度那么高,我在作(读阴平声)业(孽)呀,我的手臂甩得可以与佳丽伟丽抗衡,我的腿动作快得可以踢死藏獒,我的膝盖的压力胜过了奥林匹克举重与体操比赛。这是胡扯,这是瞎闹,这是夸张,这是猖狂,这是无法令人接受也是我自己根本不可能相信的。"他郑重地忏悔。

一个温柔的声音在他耳边响起,他看着花胜花娜娜的脸和口。花胜花娜娜的嘴没有张开也没有合上,那话不是她说的,是谁在说话呢?

"委先生您还没有明白吗?在我们这里,您的舞场年龄只有五十六岁。根据联合国新定义,您还正是中年,是人生的黄金时代……"

掌声如潮,如雷,如暴风骤雨,如春季群鸟齐鸣叫喳喳。

委先生东张西望，四周没有镜子，他笑了，他欣赏着自己的雷电般地跳跃运动着的腿脚，他笑了，他仿佛感觉到了自己的嘴角与面部线条，果然变得年轻、再年轻，自己的笑容，美好、更美好，自己的心绪，青春、再青春。他唱起歌儿来了，唱《少年的我》和少有的7/8拍子的《帕米尔的春天》，把与狐步舞与圆舞曲节奏结合起来的7/8拍子塔吉克乐曲唱得如醉如痴，我为卿狂。

醒来之后，又是另外一组信息与数据了。

季老六，梦中的委老七，没有激动，没有不安，他的梦境吉祥平安顺遂。

不好，褥上有湿情！时年八十九岁，梦龄五十六岁，他的发现是自己犯了婴儿的过失。本来感觉是十五年内，九十多到一百零四岁的季乐绿、季老六，将保持恒定的委老七的五十六岁。

还有他上网核查，应该是叫奥黛丽·赫本的巨星已于1993年离世。再见了，一代又一代！想念你们，招呼你们，并且怀着喜悦，注视你们。

十一

……于是两个月夜间季老六纸尿裤、尿不湿、老人用具用料精进舒适安全预防。深圳生产了这样的病人的专用裤子,好用、完美,为大国的少数功能性疾病患者服务,大有市场。白天自以为无异无碍无伤,世上本无事,庸人自扰之。照样跑步、走步、八段锦、太极拳、读书、读报、讲课、吃肉、吃粥、说俄罗斯热笑话与德意志冷笑话、学知识、看鼓舞人心的新闻联播、唱陕北信天游与帕瓦罗蒂拿玻里民歌和7/8拍子的塔吉克民歌……

怎么办?不但是不可救药的乐观主义,而且是不可救药的腿肿脚肿,不可救药的谈笑风生纵横驰骋横扫竖插左踢右踹,更不可救药的是膀胱积水1655毫升。

(关于这一年偶尔狼狈与尴尬的季老六病案,这里删去1200字。)

(作为替代,这里需要一些补白:关于《少年的我》。)

《少年的我》是一首非常成功的大众歌曲。首两句，春花秋月，平和善良，恋及天地人生、宇宙世界，善于认同，当然缺点斗争抵抗。"少年的我"则"多么地快乐"，天真烂漫，纯洁活泼。"少年"二字旋律声调突然升高，而"我"字很容易加上降调的小花腔，快乐的"快"，又会稍稍向上一挑，天真烂漫立即出现了些许伤感，潜台词是"快乐的少年时代已经不再"，"美丽的她不知怎么样"？上哪里去知道她"怎么样"了呢？

你失去了少年光华，你失落于渺小小姑娘的美丽。人生就是成长，成长的另一面就是失去。啊，你陶醉了，"宝贵的情，美丽的爱"，"宝黛钗容色"像月光，像花香，关键的要害的两句词出现，"少年的我不努力"，因为年少，因为幼稚，因为耽于少年的活泼游戏心性，因为不贪婪不渴求不焦虑不放肆，因为少年的我只是像春花秋月地自在地美好。"怎么能够使她快乐欢畅，唉"！这个不努力的"我"字，一下子冲上了花前月下的天花板，也许流出了一滴泪珠？也许你边唱边摇头，但也不一定没有真实的自责了呀。大器晚成，大器免成，为什么才刚少年的我已经感到努力必要性的压力，而且想到"一个美丽的她"，乃是一种不可抗拒的压力了呢？

美丽是浓重的压力。害怕一切压力的人，一定要做到与美绝缘，自得地丑，丑得自得。

秋月春花哀未休，少年的我已知忧。宝玉黛钗难倾诉，幽幽一唱自无愁。

嗯哎嗯哎，未尝不可说，"少年的我不努力"云云，只不过是自己幽自己一默哟。

1946年，以李七牛的笔名作词作曲的流行歌曲《少年的我》已在上海与香港流行。1948年，第三次国内革命战争即人民解放战争发展到了如火如荼的地步，这首流行歌曲在内地大红大紫了起来。流行艺术有自己的辩证法。

香港尽人皆知，李七牛真实姓名黎锦光，原名黎锦颢，在湖南湘潭"黎氏八骏"中，排行第七，有"中国流行音乐的开拓者"之称。由他作词作曲的《采槟榔》《夜来香》《拷红》《讨厌的早晨》《嫦娥》《送我一朵玫瑰花》《香格里拉》，长期以来脍炙人口。

王蒙告诉过老六公，他在香港一次与艺术人黄霑同居吃饭，说起湖南民歌《采槟榔》来，黄先生告诉王蒙，《采》不是什么民歌，而是黎锦光作词作曲的歌儿。说着，黄先生忽然不见了三十七分钟，回来时，拿着刚刚打印出来的简谱《采槟榔》词曲纸页，送给王蒙。时黄兄已患癌症。不久，黄兄仙逝。这就是香港艺术人的风格与友善。

问题在于季乐绿有一次与报告文学女作家于劲同局吃饭，他记得于劲说到"七号骏"的坎坷遭遇：黎先生因《夜来香》

曾被二战中的李香兰利用，涉嫌对国家不忠，似曾长期坐牢。李七牛十一届三中全会不久后释放，曾任上海卢湾区政协委员，再不久，去世。久久或凄凉，不久莫悲伤，不久后不久，西去归大荒。

至今，所有的网络中，只介绍黎锦光的作曲成就，没有一人一处一网一站一文提及他的监牢经历。

会不会是他季乐绿记差了呢？

黎锦光的大哥黎锦熙，著名语言学家，毛泽东的湘潭同乡与老师，台湾仍然使用的注音符号（ㄅㄆㄇㄈ）的发明者，人称"中国注音字母之父"。

二哥是黎锦晖，更早的儿童歌舞剧歌曲《可怜的秋香》《麻雀与小孩》《小小画家》的作者。

王蒙还告诉季乐绿说，1987—1999年他住过的北京朝内北小街46号，原来是黎锦熙先生住过的。其后，是夏衍老师居住。再后是王蒙住。最后拆了，盖成居民小型公寓楼。

近年季主席为什么对《少年的我》火热起来了呢？他又是看了王蒙的文章。王说，《少年的我》应该是从李后主的《虞美人》中取得了灵感。王说，李有"春花秋月何时了"，黎有"春天的花是多么地香，秋天的月是多么地亮"，源泉与分流的关系十分明显。而且，"春花秋月何时了"，与哈姆雷特的"生存还是灭亡"是同一个级别的终极性提问。人类是命运共同体，也是提问与思索的共同体。

季乐绿主席还看过《读书》杂志上，王蒙谈《李香兰自传》的文章。德国有《莉莉·玛莲》，日本有李香兰。李香兰以华人名义在东京唱李七牛所作《夜来香》的时候，东京因群众的狂热激动而戒严。德国前线士兵则是，几天没有听到《莉莉·玛莲》的歌声，以为可能与抵抗运动有牵扯的歌手已被"元首"处决，军心都乱了……《莉莉·玛莲》这首军士告别情人上战场的歌曲，唱的也是灯光，令人想起苏联卫国战争中著名歌曲《灯光》。

二战已成历史，中国的人民解放战争，也已经渐渐远去，那时的各式歌曲，仍然活着，在耳边回响。

补白到此为止。那么回到清楚硬实的地面上来，医院的提问是：老主席手术做不做？

做，你的器官功能评估不理想，也可能手术是无效的。手术对于一个年逾九十龄的人不无风险，至少会有皮肉的痛苦。不做，就直接做瘘……医生商议。

季老六说，党常常讲一句话，有百分之一的可能，我们也还要尽百分之百的努力。

"我还要拼一把！"他说。

主治医生轻轻给他拍掌。

十二

赤身裸体，盖着几层大白单子，躺在手术室转运车白褥单上，到了手术室门前，季乐绿对专门跑回来作为主要家属探视他、主持办理医疗手续、也许是与他告别的女儿嘱咐了一句话："病房里的西瓜没有吃完，你一定要去吃掉，不然会'变修'了的。"这是他们家的一句独特的表述语，鲜美的食品，出现了霉斑、异味、干裂或者受潮，或一件绸衫，被蠹虫毁掉，他们就说："某某变修了。"反修防修，防和平演变，大家都熟悉这些说法，既紧张，又有趣。政治不能变修，爱情不能变冷，食品不能变馊，芬芳不能变臭。

女儿的脸色有点紧张，毕竟爹爹不年轻了。过去，当媒体人问爹爹米寿后身体状态的时候，爹爹曾经巧妙地说，今年还不错，也许明年我将衰老。衰老在明年，抖擞在今天，明年若依然，衰老会迟到。明年的明年，一年又一年，好事仍连连。可今天呢？不是明年，是此刻，爹进手术室。

开始他对过多的月饼仍然心怀积怨,认为最近三年的一切不舒服不痛快都是月饼带过来的。

月饼哪儿来的?近年做梦太多太活跃太自在招惹来的。请君勿妄梦,请君勿海吹,吹到月饼至,砸死你成灰!

他进了手术室,六个护士拉抬着车上的褥单,把他平移到手术床上。麻醉师过来做了麻药腰注射,是激光微创手术,下身麻醉,不影响大脑与五官。如果老年人血液循环跟不上,则需要做全身麻醉。麻醉师又过来说:"你的心脏与脉搏、呼吸,都很好,请你再吸入一点有利镇静的药,苯巴比妥,不影响你大脑的正常活动,风险小,一定会安全成功。"

麻醉师前一天到病房与他沟通过,乐绿主席很喜欢这位彬彬有礼的麻醉师,他甚至觉得他可以建议麻醉师去演电视连续肥皂剧,他有明星范儿。现在,乐绿爱听医师术前的每一句话,相信安慰是真实可靠的。

主治医师如临大敌,顾不上言语,还有另一位医师,乐绿猜想,也许是管急救的。

听到了护士的窃窃私语,轻柔好听,这么多人都关心他、负责他、打理他。

季老六的感觉是心满意足,够牛的,这样的医疗服务,能够获得寿而多关照,病而处理得十全十美,痛而舒舒服服,死而大模大样。堂堂手术床上,了无遗憾。

最大的快乐，在生死存亡的节点上，他的月饼心结终于解开，他的生命是舒展的，他的精神是轻松的，他的心情是辽阔通畅的，他的情绪是感激与满足的。

这时，渐渐传来了掌声，轻轻的，暖暖的，喜喜的。掌声中藏着一首又一首歌曲。

……亲娘！这是哪里？

复式双开门户，西装革履的服务团队，中式吊灯，中国红灯笼，双喜吊灯，百花吊灯，走马吊灯，吊灯轻轻地摇摆，他想起他最爱的辛弃疾的词句，写上元节的灯光："玉壶光转，一夜鱼龙舞。"

地面微微地震荡，声波快乐地响起，幢幢隐约有明暗，满墙的书法与绘画，屏风，花盆植物，待客座椅，三位女士起立，喝道："鼓掌欢迎革命艺术家VIP委老七主席的到来。"他听到了央视一号主持人的声音："我们欢迎委老七主席入座！"他微笑，招手，他的感觉是自己滑着旱冰滑轮，出溜进了客厅。他略略歪一下头，又似有似无地点点头，他过去与女贵宾握手，拉住手十分之一秒时间过去，他猛然清醒，今天来做客的首位女宾是你，天啊！

你是谁？你是全中国人民喜爱的格斗女侠张伟丽，1990年生于河北邯郸，2019年8月，差一个月满二十九岁，张伟丽只费了42秒击倒杰西卡·安德拉德，夺得UFC草量级世界金腰带。中国好闺女！穆桂英与梁红玉。转战全球，总战绩21胜2负。2021年卫冕失败。2022年，张伟丽对同级别冠军卡拉·埃斯帕扎，第二回合将其裸绞，稳准狠、重手如电，张女侠重新赢得草量级世界金腰带。

张伟丽，不仅是格斗的女王，她端庄、沉稳、侠义、大无畏，坐如钟、立如松、战如鹰、拳如风、攻先锋，嘭嘭嘭，气如虹，力无穷。她给人的印象是何等端庄正道！她更是国人兴奋欢乐、面貌一新、勇敢胜利的象征。委老七何德何能，能与这样的英雄红星见面，而且俨然是主人，是老爷子，招待一位小朋友！

第二位是牛津式兼部分美式英语口音的奥黛丽·赫本。依然是当年《罗马假日》中的欧洲"安妮公主"，纯真、性情、自主、绽放着的英国美女、好莱坞巨星的完美，散发着美丽、健康、快乐的光辉。委老七赶紧问好，回应"很高兴见到你"，又说"中英人民与两国文艺工作者之间，永远友好"。

第三位让老委喜出了眼泪，她当然是——她当然来了，她就是与委老七不只有一面之交、五曲共舞之交的老朋友花胜花娜娜了。

没的可说，他们二位热烈拥抱，委老七的右脸庞，感觉到了花胜花右脸庞的温柔、细腻、清爽与温情澎湃。

这时，音乐响起，厅门缓缓打开，电视最最著名男女一号主持人同声宣布，欢迎，欢迎，热烈欢迎，达布罗·帕扎洛娃奇——Добро пожаловать——"乡村女教师"！

主角儿来了，俄罗斯巨星，她是谁呢？科托安娜（俄语：她是谁）？

是仙乐，是彩云，是笑容，是坚忍。您是？您是？您难道是我少年时期的偶像，华尔华拉，苏维埃社会主义共和国联盟最好的影片《乡村女教师》的主人公？

您好，您好，德拉斯契（您好）。您这是从哪里来？您已经……委老七没有再说下去，云里雾里，喀秋莎和《莫斯科的"晚巴晌"》里，《乡村女教师》的温柔插曲里，全部苏联歌曲《我们祖国多么辽阔广大》与《伏罗希洛夫之歌》……方方面面也不妨捎带上《少年的我》里，您是永生的，您是万古流芳的……他意识到了问女士的年龄是不礼貌的，他更相信今日是复活节。一切复活大联欢。电影人物华尔华拉，苏维埃社会主义共和国联盟——СССР（俄语缩写）SSSR（英语缩写）人民演员薇拉·彼得洛夫娜·玛列茨卡娅，从另一个世界，来到了中华人民共和国艺术人委老七这里。

"我想念中国，想念1950年中国的观众，中国人民……"

"什么？您的中文，您的中国话是这样动人，比唱歌还好听呀……"

"您忘记了1950版中文译制的《乡村女教师》，贵国著名电影艺术家舒绣文女士给我配的音了吗？"

噢，舒绣文也与薇拉同体到来了，委老七哭出了声。他意识到自己外事活动中举止神态的不得体，他立即控制住了自己。他自查，此次会见中，他失态了500毫秒，即五百个十的三次方之一秒。

华尔华拉也哭了，但神态比老委典雅。毕竟年龄与艺术成就，不是老七所能攀比的。这才通了姓名。苏联俄罗斯巨星的名字是薇拉·彼得洛夫娜·玛列茨卡娅。他呢？他的名字是什么呢？乐绿？老六？老七？季老？委老？老季？还有当年他去苏联学油画的时候，他有一个俄语名字亚历山大·萨莎。

他失语了。

这时赫本轻轻评说了一句："像是情侣久别重逢。"

舞曲开始奏响。一瞬间，委老七得到了清楚的印象，赫本是天真的少女，是通俗的贵族气质与高贵而又质朴原生的自由精神的混合。薇拉是温柔的凝神，是美丽的慈祥，是高雅含蓄的爱神，是利他的献身者，是社会主义的天使。在影片里，她的脸前总是有一片薄雾，薄雾保护着装点着她，这样的美丽神圣高雅永久。

花胜花娜娜，是艺术，是人情，是云霞，是清风，是活生生的梦。

他与四个美女一起舞蹈,他的高峰体验使他返老还童,起死回生,乐不思蜀,酣畅如龙卷风加海啸。

于是四个美女变成五个、六个、一百个,而后三个、两个,一个也没有了;只有一闪、一晃、一摇、一笑。于是变成小乐队、小合唱、二重唱、三重唱、四重唱,委艺术家钢琴伴奏,提琴长笛打击乐伴奏兼指挥,于是又变成了舢板、变成了帆船、变成了碧海骑鲸……然后是滑雪与钻火圈的特技比赛,然后是蹦床,委老七与四大美女用13秒时间,空中跃起12米,转体1080度。

"真是百年不遇的三八国际妇女节嘉年华啊",艺术家委老七听到了声音慈瓷雌磁的数据智能的多语种宣告,非男非女,非嘶哑非脆翠鲜亮,一种让艺术家浑欲不胜其感染的音质。

啊,华年嘉节,女际国八三,委老七一刹那将磁力超强的智能宣告倒背如流。哼,他还会说八妇三女国年际华嘉节……九个字,有多少排列组合呢?他七岁时就自己算出来过,三个字有六种排列组合。八岁时,他老季算出来了,四个字,有二十四种组合。九个字呢?他不可能算出来,但是他能一口气说出二十几种同样的九个字、不同的排列组合来。这是艺术家的独门暗器,这是他的思想体操,语言游戏,文字显摆,心理管控,防痴神药,哈哈哈哈,再说一遍年八际三国华嘉女节妇，进入高水平的无解幻境，他入睡了，他发汗解热，听到了智能数据与全手术室医护人员列队对于自己的怀念温存不无沉痛的悼念。

我走了。

推出手术室的时候，他已经睁开了眼睛。他笑得开心自恋而又略显诡异，他清清楚楚、结结实实地告诉女儿与病房医护人员说："今天很享受。"

回到病房以后，他自言自语："我麻醉后没有问题，我想起来了，九个不同数字的排列组合应该是504个。"护士连忙跑过来打量他测他的血压与体温血氧，女儿向护士解释："没事儿，他老是自以为精通数学。"护士更糊涂了。不过病人倒还没有异常的体征，也就放心了。护士说，病人手术期间，我们照射紫外线为整个病房消毒，留下一种特殊的味道，晴天您晒被子也会有味道的，有的病人敏感，感觉不舒服。季乐绿的女儿听不明白护士到底要给她讲什么，她倒是对自己的老爹，完全放心。她想，她在天之灵的母亲，也在谢天谢地。

躺在病床上，病号季乐绿上网查出：薇拉·彼得洛夫娜·玛列茨卡娅——乡村女教师，离世于1978年。

她们都来了。

季乐绿感动得热泪盈眶。

十三

到了冬天，季老六手术后，百病俱消，恢复了身体一些原来有阻滞问题的系统的正常功能，恢复了正常的起居饮食，吃得香，睡得稳，走得大步流星，说话中气十足，读书清晰理解，绘画兴致盎然，电话你来我往，微信闪耀万方，游泳每次500米，乒乓球提拉削转，学习体会心得，融会贯通，友人间互诫互补。他的体重开始收复失地，年前6月，病中最高丧失重量11公斤，2023年春天，他增加了体重十公斤半，他完全明白，两公斤以内的体重增减可以不计，好好喝两杯凉水，形势就会逆转。

更令季乐绿快乐的是他整理了大量旧画稿。大海捞戒指，他在一个老式的竹笼子里找出了75年前他画的薇拉·彼得洛夫娜·玛列茨卡娅的速写与上世纪80年代他描下的奥黛丽·赫本的剪影。他还找到了一个1948年上学时用过的笔记本，里头画了一个粗糙的头像，打死他自己也难以相信，越看这个粗率没有样儿的头像，他越觉得像近日梦中的舞伴。像云，像风，像月光，像小溪与清泉，像《少年的我》的一个乐段。

就是说，他十几岁的时候胸中已经有了花胜花娜娜的轮廓。

到了5月，本市著名的师范学院，在校园里举行他的画展。这所学院，是他已故妻子的母校，他家里挂着亡妻的画像，背景就是她的母校。他们坚决要举办他的画展，他虽然不认为他的美术成就有多高，最后还是接受了人家的好意。

画展第十四天，也是画展最后一天，学院来电话，说是一位非常有风度的老年女士，是他们学院的一位优秀尖子同学的姨祖母，来看画展，她询问有无见到画家的可能。她拿着一张集体合影照片，说是其中有您，也有她自己，学院院长知道季主席家离学校很近，冒昧地问一下："要不劳烦您过来一下？"

……如此这般，他见到了远方的客人，客人的笑容让季乐绿一见就屏息凝神、相视静默、寻觅久久、涌动连连起来。

"您？"

"你？你？"

"你是？"

"您是？"

"半个多世纪过去了。"

"不止,快七十年了。"

"曹禺《雷雨》的台词:'我们都老了。'"

"告别的时候我引用了《史记》对荆轲的记载:'风萧萧兮易水寒,壮士一去兮不复还!'"

"我……我……我糊涂了,您知道我去年插了半年管子,我做了手术,倒是好了,然而老了。四十年前,我从马车上掉了下来,五级伤害,轻度脑震荡。请原谅,您告诉我,您是……"

"我是小华啊。"

"小华?小华?天啊……"

"那时,我的名字是华生花。我们拉着手跳过舞。我教给你唱'春天的花,是多么地香……'"

这是什么?真实还是虚构?梦境还是遗忘?腰麻硬膜外科联合麻醉后遗症还是一种文明性念想萎缩、记忆消退淡出?

"对不起,我忘记了您,我曾经想不起您是谁来了。只是我梦到了您,真的。我一次一次梦到了您,但不知道梦到的是您,因为我竟然真的忘记了您,这也就是说我并没有完全忘记您,也就是说我始终记住记着想着的是您。从人生的选择、价值的认定、对于妻子与家庭的责任来说,我必须记住要永远忘记您,必须永远忘记原来一直记住了的您……"季乐绿慌不择言,完全不知自己所云。他意识到这次会面以后他要挂一次医院精神科的专家号。同时想,哪里见过这样的高龄少女,资深丽质,袅袅婷婷,亭亭玉立,这样的梦里诗里黎氏歌曲里、美不胜思、远胜赘肉满满的凡俗身材,她的身材胜过了安徒生笔下的"海的女儿"美人鱼;而她对你又是如七十余年前一样的纯真亲密……你见到她,应该给她跪下。看背影,小华如十九岁的舞蹈演员,头发浓密花白,高盘头上,声音温馨文雅,久违了。我的华生花同学!久违了,我的少年时代!

华生花不住地点着头,她当然完全理解。然后安静了几乎十几分钟,她忽然说:"是的,我们的记忆有自己的落失。我也看过张伟丽的格斗,后来我忘记了。今天在这里我看到了你画的女格斗手,解说的同学告诉我你崇拜张运动员,还有你喜欢苏联的'乡村女教师'。这些我都有一点生疏……在关键点上我错过了中华人民共和国,我错过了故乡的翻天覆地和学长您……我错过了你们饱满的人生。我费了老大的劲,终于找到了见到了你。谢谢你!"

后来他们一起吃了一顿潮州饭,委乐绿想起了华生花是广东属于潮州大概念的汕头人。他们吃了三年老鹅头和生腌赤心虾蛄,还有相当奢华的蟹肉炒鱼翅。季老六尽了东道主的礼数。他觉得，他与华生花都耐心地从容地等待着这次晚餐，等了七十五年。

临别时候，华生花赠送给季老六两瓶古巴产朗姆酒，她解释说，在关键时刻由于家庭的干扰，她与乐绿分道扬镳，她被父母带到了台湾，后来到美国留学，嫁给了一个奥地利同学。她的奥地利裔"板凳"（英语丈夫的戏读音）病了太久太久，她爱他，直到给他完满送终。但是她从来没有忘记过乐绿的革命追求与革命理想。早年她没有办法到大陆来看乐绿，她就拼命一次一次地去生气勃勃的卡斯特罗时期的古巴，她甚至养成了喝用古巴甘蔗做原料的朗姆酒的习惯。那酒酯基生香，焦化的甘蔗发出了中国人不陌生的炒糖色时令人喜不自胜的香气，加上酒的酵母菌与霉菌。希望季老六学长喝这个酒的时候能想起卡斯特罗与切·格瓦拉，加上华生花这位没有出息的基督教团契好友，想起"少年的我"来。

华生花说，一次她参加去古巴旅游的欧盟的旅游团，他们在著名的哈瓦那广场餐厅吃海鲜。欧洲游客们看到了一位老歌手弹着吉他，首先来到了中国客人桌前，要中国游客点歌，一位中国女士点曲，说是想听《格瓦拉之歌》，没有想到，歌手还只唱了半句歌词，全部欧盟团的游客大声唱起"格瓦拉"来了。他们唱的是：

是谁点燃了天上的朝霞？
千年的黑夜今天就要融化。
光明也许会提前到来，
我们听到你的召唤，
切·格瓦拉！

她吃力地、低哑地唱着，吐字十分清楚，是唱歌，更是朗诵。她说她也会唱这个歌的西班牙、英语歌词。她含泪说那次哈瓦那广场海鲜餐厅的欧洲游客唱完，中国客人热烈鼓掌。

"可惜的是，你不在场。"

又说："我这一生都觉得对不起你，我惭愧懊悔，我不敢见你。我喜欢唱歌，只教给过你唱'春天的花，是多么地香'，却没有让你听到我唱《永远的指挥官切·格瓦拉》。"

说到格瓦拉，她的口吻与季乐绿亲近多了。

乐绿一次又一次地起身与少年时代的学友贴脸拥抱。

乐绿拿起装朗姆酒的两个深色瓶子，酒瓶上贴着哈瓦那市风光图片，有一种历史的沉稳与厚重。图片右角上的A+，让乐绿的目光滞留了一下。生花说："我给你的小礼物。A是艺术家artist的缩写，+是表达我对你的理解，你是艺术家，又不仅仅是艺术家，至少，你还是我少年时代心仪的好友，你更是追求革命的人。我一直相信着你，想念着你，愧对着对你的记忆。我就是那个加号里最最不起眼的一小部分。至于瓶贴上的'A+'字样是我自己喷上的字。"她解释说。

"我该走了，明天我要回维也纳了。那年，说是您会到霍夫堡宫跳中国春节的舞。您没有去。我得到了邀请……本来以为那一年能够见到你。现在，两国的防疫措施都适度地放宽了……"

乐绿说是想第二天请华生花老同学吃烤鸭，生花辞谢，她说明天凌晨她就要跑机场，先飞上海，等三个半小时以后离开中国国境，直飞VIE维也纳机场。

乐绿有点不知说什么好了。他为什么如此笨拙、狼狈和怔忡？见到一个并非一般的少年时代的好友，却不知道说什么好。实际上，他说了什么呢？他是什么样的白痴、十三点、愣头青、木头疙瘩蛋呢？他居然对对方说："我已经把你忘记了。"这样的零情商老傻瓜，除了惹人讨厌与失望以外还能有什么作用呢？

忽然他来了灵感。"手机？""微信？""Email？"他吞吞吐吐，他满脸惭愧，他拿出了Mate 50 Pro，所谓最新爆款的华为手机，他抓住了六千元的高端华为新产品这根救命的稻草,希望多少挽回一点自己的脸面。

在男子汉式地主动扫描了华生花的苹果手机二维码以后,他又震撼了,他想喊,没有喊出口,他张了一回嘴,一瞬间,他的嘴闭不上了,他的面部肌肉瘫痪了。

华生花的微信头像署名是"nana",什么什么,谁?哪?那?

你就是花胜花,你就是娜娜。

这一瞬间帕瓦罗蒂在乐绿身上附体。乐绿平伸两臂,原地旋转,他举起两臂两手像一个大V字。他用拿玻里的发音、意大利语唱道:"你就是我的太阳,噢嚓啰咪噢,你是花中最美丽的花,你是喏喏、娜娜、娜喏、诺娜,你是我的喏娜,我的太阳噢。"

他晕倒在地上。

他被抬上了急救车。娜娜花胜花也摇摇晃晃跟随着送出来,结果她也摔倒在地上。两个人同时进了医院,两个半小时后离开了,没有大事,交了一些钱,放下了心。临走的时候乐绿对生花说:"所有的故事,我要等我到维也纳去讲给你,蓬嚓蓬嚓蓬嚓嚓,你会唱7/5与8/7拍子的塔什库尔干的民歌吗?"

华生花走远了,看她的口型,乐绿判断,她是说:"我等着你。"

十四

乐绿后来告诉女儿和女中的朋友，团契是从前旧中国一些大中学里相当普遍的基督教青少年团体，通过温情方式联络团结青少年宗教信徒。十几二十个学生，在基督（圣子）、圣母、圣灵的名义下组织在一起，亲亲热热，一起做做功课，唱唱赞美诗，诵读《圣经》，谈谈做人和处理人际关系上的一些心得，忏悔一点自己认识到了的做错的事、说错的话，也许还一起出去看个电影、逛逛公园，春游踏青，秋深赏红叶，在小馆子里吃奥灶面和阳春面。那时还时兴各持一个纪念册，彼此留言，温馨爱恋，永志不忘。那时地下党认为，地下的党员与外围组织成员，可以参与进去，将这种本来是传教性团体的活动，尤其是他们的成员，引导到反对国民党反动统治、追求光明的未来上来。七十多年前的一个团契里，小小的季乐绿结识了同龄的华生花。1948年，整个革命事业大获全胜前夕，乐绿已经向生花摊出了要发展她加入党的外围组织的大牌，华生花燃起了革命激情，准备献身人民解放事业，后来被她双亲强硬挟持到台北去了。

季老六感慨良多，人生、命运，有巧合也有随缘，有机遇也有失落，有永远的想念和遗憾，也有一种坚强无畏，兵来将挡、水来土掩的硬气，当然也会有绝望与完全无奈的时刻。没有遗憾的人生哪里是人生？没有担任过病人哪里会健康？

春天的花是多么地香？对于海明威来说，春花可能没有朗姆酒香。华生花娜娜送给季乐绿的酒朗姆，产自古巴关塔那摩，美国在那里设有监狱集中营，集中营不在美国本土，不受美国法律的约束。那里的朗姆酒名为"哈瓦那俱乐部"，这个商标的所有权在美国打了数十几年的官司，最后判定商标权属于古巴政府。

嗯，你把朗姆酒含在口里，一上来它有一种绅士风味的深厚与含蓄、温和，首先是淡雅与温柔，它不慌不忙，不急不躁，若有若无，轻轻易易，给了你甜香、给了你安慰，接着给了你微辣，在口腔里似乎有所逗留与蠕动，似乎"俱乐部"在与饮者商议：你喜欢吗？你能了解我吗？你的口与舌，能习惯我吗？你喝一次能记住我的什么特点呢？你爱我吗？你爱我吗？

你终于咽下去古巴、海明威、关塔那摩、哈瓦那俱乐部、甘蔗、朗姆酒了，你的舌头受到有力的与全面的按摩滋润，最后，不得了，你的喉咙烧了一下，中国人说，有劲！它懂得中国的韬光养晦之道吗？它懂得逐步深入的兵法吗？它懂得美好的一切都重在过程吗？人生、艺术、爱情、做爱、授勋仪典、政治权谋、商业名牌、宗教瞻礼、园林享受，美食美事美文美情，美在过程，迷在过程，喜悦在过程。

有从容的加强，却没有刺激、没有凶恶，朗姆酒它永远不会如苏联特瓦尔多夫斯基的名著《瓦西里·焦尔金》写的那样：

> 战士的马合烟，
> 像战士的老婆，
> 有点狠、毒、辣……
> 让你受苦、流泪、咳嗽、喘不过气，
> 然而你一天，
> 也离不开她。

他想象上世纪40年代，斯大林与朱可夫元帅把控的苏联红军的马合烟与他们的妻子、高调的俄罗斯女人，也极令人动心动情。

然后他上了网，他自己增加购买了产自古巴的高级朗姆酒两箱。

然后他画了华生花的印象形象，他将图片发给王蒙，注明，是"醉朗姆酒后作"。王蒙回微信说："你的老同学是女神……"

是的，2025年，等乐绿九十二岁的时候，他一定要去古巴，要到古巴广场饮"哈瓦那俱乐部"，唱《永远的指挥官格瓦拉》。而之前的2024年春节，亦即明年呢，他要游维也纳，跳舞，更要找花胜花娜娜。生活永远是美好的。春天的花是多么地香！是的，朝霞已经点燃，光明已经提前来到，我们老了，我们得到了那么多，我们经历了所有，革命烈士付出了那么多。我们经历的所有一切，成功与不那么成功、顺意与有时不太顺意，摸着石头、健步过河与间或呛水，都是不应该忘记的。即使在荒唐的梦里，我们都飞着、想念着、有了而且继续有着超值的心领神会。

2023年清明，季老六给妻子扫墓，洒泪归来，梦中或梦醒后给自己的专属ChatGPT AI机器人输入本小说初稿全文，请机器人"动手"协助。AI客客气气地建议将此小说更名为《艺术人季老六A+狂想曲》。看来AI也获取了中国标题党的信息与功能、格式、修辞培育。

季氏专用ChatGPT，并主动写下了本小说稿结尾情诗如下：

　　同干一杯吧，
　　我的不幸的青年时代的好友，
　　让我们用酒来浇愁。（季按：以上三句出自普希金作《给妈妈》）
　　《少年的我》，隐约心头。
　　少年之革命，多么风流！
　　老了奋力，再上几层楼！
　　套上犁铧，纵横深耕如牛。
　　再干一杯吧。
　　"哈瓦那俱乐部"，深色朗姆酒。

　　艺术人季老六想：如果请老弟王蒙协助来写这首结尾情诗呢？一定比现在的样儿好得多呢。

小 说 人 语
百年一梦最狂欢

有点像吓唬人，2023年5月再访叶尔羌河岸的麦盖提县，当地的乡亲问起我与这个刀郎木卡的渊源之地的缘分，我说1965年即58年前来过。听者马上多看了我一眼。

9月3日至6日，刚刚到敦煌地区参加国际文化博览会，谈起第一次去敦煌，则是36年前，即1987年。

攒了那么多"逝者如斯夫，不舍昼夜"，那么多"天若有情天亦老"，那么多恩非怨、沧即桑、童、少、青、壮、老得忙，有对比、有追忆，怀想多了有点慌，挫折、奋斗、一次次，喜乐光明浑欲狂，柳暗花明叮叮当，山重水复美景长，逢凶终归要化吉，遇难也都是呈祥……

还到了那么多地方。亚非拉，东西欧，南北美，饶是价（不能写成"绕世界"）走。

人生当然也有另一面，我不忘马识途老哥书写的左宗棠对子："能耐天磨真好汉，不遭人妒是庸才"……一笑低头若含羞人生总要拼几秋。有时饮苦酒，多时濯甘泉，攀天入地欣万象，弄墨抡椽乐千般！

很有趣，很热闹，很充实，作者老而多梦，老而益梦，做起梦来满堂堂，钢钢儿的。

百年一梦浑不吝，四海一家大联欢！

王蒙要抡一回！

少年得志老来狂，一个筋斗也凄怆，写了神州写世界，东西南北乒乓乓！

青春形变百十年，做场好梦全无边，罗姆酒香（海）明威醉，霍夫（堡）舞热中华年！

写上一出又一出，吭哧吭哧绝不输，淋漓尽致方无憾，犹留后手笑和哭！

按：上面的诗中"形变"是说《活动变人形》，我的小说题材追溯到差不多百年前的。我的70年《文稿》（即出）其实包含了79年前的诗作。

罗姆酒是古巴产的著名甘蔗酒，海明威爱喝。写《季老六》之梦时，作者网购罗姆酒，品尝得趣，不贵。希望此作写出对切·格瓦拉、海明威的思念来。

霍夫堡是维也纳宫殿,那里每年举行中国年——春节舞会。我荣幸获邀,人没有去,心与梦在场。

"留后手"是说2023年3月完稿《季老六之梦》后,8月又完成一个中篇,不敢拿出来,以免再次出现当年《蝴蝶》拼《布礼》、得罪恩师,而去年的《霞满天》,傻拼《从前的初恋》的情状,王蒙脑残而自卷自拼乎?

自我比拼亦多姿,涉嫌轻浮恨费词,本应做范(儿)悄无语,才是俨然望重时。

小说小说非盛言,适可而止自翩翩。老王写写心如沸,敢信纯青炉火妍?

青春且万岁,纯青仍待纯,哐哐哚噔哚,一曲笑煞人!

狂想(曲)李斯特,克罗地亚新,中华多豪兴,一梦百年深!

一梦百年久,高歌万里长,小说逐胜境,何不拼几场?

按:李斯特有著名的《匈牙利狂想曲》。《克罗地亚狂想曲》则是21世纪托赛·胡基科的新作,以现代派音乐表现当代克罗地亚悲剧。